La hora violeta

Sergio del Molino

La hora violeta

Papel certificado por el Forest Stewardship Council®

Primera edición: septiembre de 2023

© 2013, 2023, Sergio del Molino
Autor representado por The Ella Sher Literary Agency
www.ellasher.com
© 2023, Penguin Random House Grupo Editorial, S. A. U.
Travessera de Gràcia, 47-49. 08021 Barcelona

© Diseño: Penguin Random House Grupo Editorial, inspirado en un diseño original de Enric Satué

Printed in Spain – Impreso en España

ISBN: 978-84-204-7642-1
Depósito legal: B-12041-2023

Compuesto en Arca Edinet, S. L.
Impreso en Egedsa, Sabadell (Barcelona)

AL76421

Si supieras, hijo, desde qué páramo te escribo, desde qué confusión de lágrimas y ropas, desde qué revuelta desgana.

FRANCISCO UMBRAL, *Mortal y rosa*

At the violet hour, when the eyes and back
Turn upward from the desk, when the human
                                        [engine waits
Like a taxi throbbing waiting.

En la hora violeta, cuando los ojos y las espaldas se levantan del escritorio, cuando el motor humano espera como un taxi parado en marcha.

T. S. ELIOT, *La tierra baldía*

Este libro es un diccionario de una sola entrada, la búsqueda de una palabra que no existe en mi idioma: la que nombra a los padres que han visto morir a sus hijos. Los hijos que se quedan sin padres son huérfanos, y los cónyuges que cierran los ojos del cadáver de su pareja son viudos. Pero los padres que firmamos los papeles de los funerales de nuestros hijos no tenemos nombre ni estado civil. Somos padres por siempre. Padres de un fantasma que no crece, que no se hace mayor, al que nunca vamos a recoger al colegio, que no conocerá jamás a una chica, que no irá a la universidad y no se marchará de casa. Un hijo que nunca nos dará un disgusto y a quien nunca tendremos que abroncar. Un hijo que jamás leerá los libros que le dedicamos.

Que nadie haya inventado una palabra para nombrarnos nos condena a vivir siempre en una hora violeta. Nuestros relojes no están parados, pero marcan la misma hora una y otra vez. Cuando parece que el segundero va a forzar a la manija horaria a saltar a la siguiente hora, ésta vuelve a la anterior. Vivimos atascados en ese *no-man's time*, en un pleonasmo de nosotros mismos, y en él evocamos aquel relato fantástico e inverosímil, aquella tragedia barata llena de artificios de guionista zafio, que nos encerró aquí. Yo la evoco por escrito. Recuerdo este año de mi vida con la esperanza de fijar su relato y no convertirlo nunca en un lugar común.

Mi hijo Pablo tenía diez meses cuando ingresó en el hospital, y estaba a punto de cumplir dos años cuando arrojamos sus cenizas. Ése es el tiempo que cabe en nuestra hora violeta. Ése es el tiempo que cabe en este libro, que contiene todas las palabras que hacen falta para nombrar mi condición.

1. A partir de aquí, monstruos

Me he propuesto no llamar niño al niño. Ni crío, ni chaval. Puede que cachorro sí, pero no en este libro. No inventar seudónimos, no usar iniciales. Sólo Pablo. Sólo su nombre. Desde que nació, me ha molestado mucho que lo despersonalicen. Cada vez que alguien, incluso su madre, se refiere a él como *el crío*, *el niño* o *este crío* y *este niño*, corrijo y pregunto de qué niño o de qué crío hablan. Nunca he soportado que se refieran a una persona que está presente en la conversación con el demostrativo *este*. Soy hipersensible a ciertas groserías que a la mayoría de la gente le pasan desapercibidas. Tampoco aguanto que no se pidan las cosas por favor, que las peticiones se enuncien como órdenes —aunque lo sean— ni que se hable a gritos. Lucho sin éxito por que Pablo sea siempre Pablo. Por eso no emplearé subterfugios, no recurriré al truco de Umbral en *Mortal y rosa* de llamar *el niño* al hijo, por más que aquello fuera una simple forma de acotar el dolor y de contenerlo para que no muerda mientras se escribe. Le nombro con cada una de sus letras para que su presencia no se difumine ni tan siquiera por desgaste de los bordes, para que aparezca rotundo y carnal en medio de la vida.

Puedo recurrir también al catálogo de heterónimos que se va escribiendo junto a Pablo. A esa lista de nombres íntimos, a esa manera de nombrar propia sólo de quien nombra. El privilegio que nos concedemos algunos, o que el amor nos concede, de burlar el registro civil e inventar, acortar, empequeñecer o agrandar. En mi boca y a solas, Pablo puede ser el Cuque. O simplemente Pau, apelativo que hace pensar a algunos que somos catalanes. Cuando nos quedamos solos y nos entregamos a una de nuestras fiestas cavernícolas —machos probando sus testuces y mordiéndose sin hacerse daño, padre y cachorro, mamíferos sin cultura ni artificio—, el cariño inventa canciones de pedos que hacen reír. Canto: «El Cuque es genial, / el Cuque es cojonudo, / el Cuque a todo el mundo / enseña el culo». Y Pablo ríe y enseña su culo blanco y liso, como si fuera el culo de cualquier otro niño capaz de enseñarlo en el parque, en la playa, en la calle y en todos esos sitios a los que aún no sé que ya no podremos ir. Y yo río también, río hasta que se me desarman las costillas, hasta caer al suelo y enseñar mi culo viejo y desagradecido.

Pero, al principio, Pablo sólo fue Pablo. Desde que me miró sin verme en la puerta de los quirófanos, adonde me habían exiliado las normas del hospital, que no permiten al padre asistir a un parto por cesárea. Con las piernas doloridas de tanto recorrer el pasillo esperando el final de una intervención que se complicó y a punto estuvo de terminar en melodrama de folletín, vi acercarse a dos médicos y una enfermera que empujaban una cuna minúscula. Allí, envuelto en mantas y cubierto con una especie de gorro frigio, asomaba la cara de Pablo, que puso sus ojos ciegos en los míos. No hubo lugar para el sentimentalismo en aquel pasillo. Los doctores me aturdieron con informaciones que olvidé tan pronto fueron dichas y la enfermera me apartó de su camino para trasladar a mi hijo a la UCI, donde debía permanecer en observación hasta que subieran a su madre a la planta. No acerté a decir nada más que: Hola, Pablo, soy papá. Burlando la vigilancia sanitaria, le tendí mi dedo y su instinto lo agarró con lo que me pareció que era mucha fuerza. Aunque es fisiológicamente imposible, porque los recién nacidos no miran, sentí que me miraba. Con enfado, con rabia edípica, culpándome por haber terminado con esos meses de confort amniótico y envolverlo en aquellas telas que le irritaban sin aliviar el frío intenso del mundo. Segundos después, la puerta del ascensor se cerró y mi hijo se perdió en la por entonces incomprensible maraña de tripas del hospital. Con Pablo en algún lugar al que yo no sabía llegar y con Cris recuperándose de una complicación en un sitio al que no podía entrar, me quedé solo, dando vueltas por el pasillo, incapaz de detenerme. Nunca me había sentido tan solo ni había tenido tanto miedo. No he vuelto a sentir aquella soledad, pero casi añoro aquel miedo diminuto y razonable, aquel temor que ni siquiera era pánico ni terror. Un miedo manejable dibujado a escala de uno a un millón con respecto al miedo real que sentiría después.

Hoy leo como presagio lo que no fue más que un parto con algunas complicaciones relativamente fáciles de resolver. Hoy veo conexiones de causa y efecto donde sólo hay casualidades. Hoy busco sentidos donde sólo hay horas, minutos y segundos. Y, sin embargo, el miedo persistió. De algún modo, supo sortear aquellas horas y aquel pasillo de hospital y acompañarme las siguientes semanas y meses. Miedo a todo. Pero, especialmente, miedo al aire.

De madrugada, sin que su madre lo supiera, me inclinaba sobre la cuna del Pablo recién nacido. Fingiendo acariciarle, colocaba mi dedo índice bajo las aletas de su nariz y no lo retiraba hasta que notaba su aliento en él. En la penumbra, aprendía a distinguir los movimientos respiratorios de su brevísimo pecho bajo las mantas, un oscilar inapreciable para cualquier otra mirada que no fuera la mía. Miopes y vagos para todo lo cotidiano, mis ojos se volvían rapaces para detectar signos de vida en mi criatura diminuta y frágil. Muertes súbitas, vómitos que asfixian, mantas que ahogan. Todos los objetos eran peligrosos. El excesivo frío y el excesivo calor, la excesiva suciedad o la excesiva limpieza. El mundo entero asediaba a mi hijo y yo tenía que fingir que no me importaba.

Un antropólogo o un darwinista radical hablarían aquí de la llamada de la especie, del homínido que protege a sus crías de la muy real amenaza de las hienas y de los leones.

Vivimos en entornos seguros, aunque nuestro cerebro de primate aún no se ha enterado. El núcleo instintivo sigue creyendo que correteamos desnudos por el valle del Rift, olisqueando nuestras heces y buscando en los árboles refugio contra las fieras. Pero yo no sueño con hienas con ojos de chispas que acechan en la noche, ni con serpientes que silban, ni con águilas cayendo en picado con las garras extendidas. Sueño con botones que se tragan, con fallos respiratorios que ninguna autopsia puede aclarar, con vómitos y diarreas y con bultos que se escurren de mis manos torpes y acaban estampados de cabeza contra el suelo.

Mi cerebro sabe dónde vivo e inventa peligros adecuados y verosímiles. Por eso está completamente desprotegido ante lo que le aguarda en el despacho de los médicos.

La doctora joven resopla incómoda. No está acostumbrada a sentarse. En urgencias se pasan las horas de pie. Los análisis han dado unos valores muy anómalos, explica mirándonos a los ojos, con el discurso ensayado y segura de lo que puede y de lo que no puede decir. Tiene los leucocitos muy altos y las plaquetas muy bajas. Y eso, ¿qué significa?, pregunto, sin disimular el miedo. Puede querer decir muchas cosas. En general, los leucocitos altos indican una infección, y los ganglios inflamados, también, pero no podremos hacer un diagnóstico hasta que no le sometamos a más pruebas. Así que vamos a subirlo a planta, ya tiene una cama preparada, y mañana a primera hora le haremos las pruebas para descartar posibles cuadros.

No preguntamos más. Nos da la impresión de que la doctora amable tiene unas fuertes sospechas —o puede que una clara certeza— de cuál va a ser el diagnóstico, pero preferimos no indagar y, en el fondo, tampoco le damos mucha importancia. Nos sentimos en buenas manos y nos resignamos a esperar. Estamos muy cansados y nos arreglamos con pocas palabras. Cris se quedará por la noche y yo iré a casa a buscarle algo de ropa limpia y un neceser.

A pesar de mi natural tendencia a la hipocondría, siento que todo acabará en una anécdota de padres primerizos e idiotas para compartir en los columpios con otros padres tan primerizos e idiotas como nosotros. Competiremos por ver qué padre ha pasado más horas en el pediatra, qué hijo ha enfermado más veces y quién vomita con mayor frecuencia. El mío es atópico. El mío tiene un ojo vago. El mío lleva zapatos ortopédicos. El mío tiene alergia a las fresas. El mío es celíaco y tardamos en descubrirlo. Como los viejos que comparan historiales clínicos mientras juegan a la petanca, los padres comentaremos en el parque nuestras penas sanitarias y nos consolaremos en la desgracia ajena. Todo marcha bien, la rutina de costumbre, me digo mientras camino por Fernando el Católico en busca de mi casa.

Al pasar por delante del Telepizza de la plaza de San Francisco me asalta un hambre fiera. Recuerdo que no he comido y dudo que haya algo comestible en la nevera. Compruebo si llevo dinero y entro en busca de una pizza lo más grasienta e insalubre posible para poner un colofón calórico a ese día de mierda. La idea de zampármela en la penumbra del salón mientras me amodorro viendo cualquier cosa en la tele me seduce casi con lascivia. Quizá previendo lo que iba a pasar, Cris me ha instado a no quedarme dormido en el sofá y a irme a la cama pronto. Sabe que acabaré tirado de cualquier manera con la televisión encendida y una caja de pizza abierta, como un rodríguez patético y pertinaz.

Hago mi pedido y la cajera me pregunta si tengo el carné joven.

Pues no, le digo, pero muchas gracias por preguntar, me hace ilusión que pienses que puedo tenerlo.

La chica sonríe ampliamente, con unos dientes blancos y bonitos. Se ruboriza y me mira con coquetería aprendida. Es bastante guapa. Ella no lo sabe, pero este involuntario conato de seducción adolescente me ha salvado el día. Yo tampoco lo sé, pero ese coqueteo será el último diálogo trivial y agradable que entable con un ser humano durante meses. No he estado atento a los augurios y no tengo ninguna sospecha de lo que va a pasar dentro de unas horas. Si lo supiera, prolongaría ese placer, intentaría que la chica se ruborizase un par de veces más. Es joven y le gusta saberse gustada, así que sería fácil. Pero entonces es sólo una chispa de amabilidad en una tarde ingrata. Qué día más triste es el que puede alegrar una cajera de Telepizza.

Despierto a las seis de la mañana en el sofá, y en el canal Fox Crime están poniendo un episodio muy viejo de *Expediente X*. Subo el volumen e intento volver a dormirme, pero la historia acaba enganchándome y veo también el siguiente. Siempre me cayó muy bien el agente Mulder y no puedo evitar que la agente Scully me ponga un poco cachondo. Me divierten mucho como pareja cómica. Desayuno un trozo de pizza que sobró, preparo café y le envío un mensaje a Cris preguntando si está despierta y puedo llamarla ya. Es ella quien telefonea al instante. Ha sido una noche de espanto. Pablo ha tenido fiebre prácticamente todo el tiempo y ha vomitado muchísimo. Se encuentra muy mal. Además, se dio un gran susto (o un susto enorme, ya no calibro la magnitud de los temores). Cuando llamó a la enfermera para limpiar el vómito y bañar a Pablo, ésta se puso muy seria y empezó a examinar toda su piel y marcó puntitos con un rotulador en muchas zonas. Después, salió corriendo y volvió con la doctora amable, que se puso a mirar todos los puntitos que la enfermera le señalaba. Los examinó atentamente y negó con la cabeza. Para calmar la ansiedad de Cris, se volvió y le dijo: Nada, hay unas manchitas azules, pero son síntomas de su proceso patológico. Esperemos a mañana hasta que le hagamos las pruebas. Y ya no volvió a pasar nada más. Cris cree que estaban descartando una meningitis, aunque no se atrevían a decirlo. Puede ser, especulo yo, frotándome la cara. Mi hermano pasó una meningitis que pudieron curarle a tiempo y también tenía fiebre y cansancio. Me doy una ducha y voy para allá, ¿quieres que te lleve algo? Nos besamos telefónicamente y cuelgo sintiéndome muy culpable por mi noche de rodríguez y por la sonrisa de la chica del Telepizza.

Cris y yo nos sentamos uno frente al otro, en asientos ridículamente enanos y separados por una mesa redonda. Como en una coreografía o como en el juego de las sillas, todas las doctoras —no sé contarlas, puede que haya más de seis— se sientan al unísono. Sonríen. Sonreímos. Se hace un silencio hueco. Alguien carraspea. Las doctoras se miran entre sí y todas las miradas confluyen en la mayor, una señora impecable y muy grave. La miramos también, hasta que se ve impelida a hablar. Lo hace en voz baja, pero segura. Dulce y seca a la vez. Cálida y rotunda. Puntillosamente profesional. Mira alternativamente a Cris y a mí, ajustando el tiempo de atención. Sabe cómo hacerlo. Lo ha hecho demasiadas veces. No sostiene papel alguno, no se refugia en la lectura del historial. Busca nuestros ojos, mantiene las manos sobre el regazo y cruza las piernas elegantemente, con dignidad natural. Aún no lo sé, pero voy a tener que agradecerle muchas veces su sobriedad y su apostura. Ésa es la primera.

Pese a su aplomo, pese a todas las ocasiones que ha tenido para representar el mismo guion, traga saliva y titubea antes de arrancar.

Ante todo, buenos días, gracias por esperar. Os hemos traído aquí para informaros de lo que tenemos por ahora. —Breve pausa—. Vinisteis al servicio de urgencias por un cuadro de fiebre que no remitía y, tras unos análisis, se decidió el ingreso de Pablo para practicarle una absorción de médula y descartar posibles diagnósticos. —Nueva pausa, un poco más larga que la anterior—. Bien, ya tenemos los primeros resultados y siento deciros que no hay buenas noticias. —Parece que va a hacer otra pausa para que intercalemos una pregunta, pero no nos permite acentuar el dramatismo y prosigue sin dejar de mirarnos a los ojos, pronunciando con suavidad y claridad—: Pablo tiene leucemia.

Reacciono con suma estupidez. Me llevo la mano a la boca para reprimir un grito que sale convertido en una especie de hipo y creo que empiezo a sollozar, pero no estoy seguro. Me oigo decir no, no, no, no, no, no, no, no, pero no soy yo quien lo dice, sino una voz que suena parecida a la mía, aunque distorsionada. Me recojo, me pliego en mí mismo, retrepado en esa silla minúscula. Me hundo dentro de mí y dejo de ver la habitación. Es la mano de Cris la que me saca de mis propias tripas. La extiende con violencia, muy abierta, reclamando la mía. Haciendo un gran esfuerzo, vuelvo a expandirme y a ocupar todo mi cuerpo para coger la mano que viene del otro lado de la mesa. Siento que debo apretarla fuertemente sin dudar ni un segundo. Cualquier demora puede agrietar todo el hospital hasta los cimientos. Recorro el brazo con la mirada hasta llegar a su cara y encontrarme con sus ojos, brillantes y heridos. Ojos que me hociquean, ojos que olfatean en busca de los míos. Miradas perras y apaleadas que se reclaman más allá de lo animal. Desde muy lejos, me oigo preguntar entre sollozos, y me sorprendo muchísimo de mi idiotez y de que mi boca sea capaz de articular palabras: ¿Está muy avanzada? Sin cambiar la modulación de la voz ni la actitud, la doctora responde: Sí, pero eso no significa nada. Cuando una leucemia provoca síntomas es siempre porque está en un estadio avanzado. No se puede detectar tempranamente. —Se calla, duda un momento si ampliar la información, y decide dármela—. Pablo tiene infiltrado el noventa y ocho por ciento de su médula. —Parece que se arrepiente de enunciar un dato tan concreto, y vuelve al guion pactado.

Se levantan. Aleteos de batas blancas y rumores textiles. Algunas nos tocan el brazo y murmuran que lo sienten mucho. Nos levantamos también. De nuevo, pura inercia. Sólo pienso, o me oigo pensar, como si leyera la mente de otro, que me gusta que se haya referido a Pablo como Pablo. No ha llamado niño al niño. Le respeta, le nombra, le reconoce un espacio y un tiempo. Lo sitúa en el mundo de las cosas concretas, muy lejos de las sombras de la caverna. No es un paciente, no es un sujeto de estudio, no es un caso, ni siquiera es *vuestro hijo*. Es Pablo, con sus cinco letras, autónomo, único, presente y vivo. Van a cuidar bien de él, me oigo pensar, y rabio por intentar consolarme a mí mismo cuando ni siquiera sé cuánto me duele. Me enfado con esa mente que suena como la mía pero que escucho lejana y con eco.

El celador se para ante una puerta rotulada «Oncopediatría». Leo cada letra por separado: O – N – C – O – P – E – D – I – A – T – R – Í – A. Vuelvo a leerlo rápido, comiéndome algunas vocales: oncpdatría. Cruzamos la puerta y empiezo a no creerme lo que está sucediendo. La visión lateral se emborrona, hay algo de niebla en mis ojos y los sonidos se posan en el oído acolchados y tenues. Quiero escapar y sé que no tengo salida. Por mucho que corra, Pablo va a seguir teniendo leucemia. No puedo retroceder en el tiempo, no puedo despertar y comprobar que ha sido una pesadilla y ni siquiera puedo salir corriendo, sacar todo el dinero del banco y esconderme en un país lejano con otro nombre, porque la muerte de Pablo me va a destruir esté donde esté. Quiero estar con mi hijo y con Cris y a la vez quiero fugarme. Me convenzo de que no quiero nada porque es imposible el deseo. Sólo existe la resignación. Sólo puedo sentarme a ver cómo nos hundimos.

Diez meses, ni siquiera un año de deslumbramiento. Sólo diez meses de paternidad normal y aburrida, equiparable a cualquier otra paternidad. Sólo he sido un padre arquetípico durante diez meses. Ahora estoy obligado a ser un padre trágico, a escribir con prosa inverosímil una historia de encierro y amor. Yo, que solamente aspiraba a escribir chistes. Yo, que tan frívolo y esnob quería sonar.

Las normas del hospital son menos estrictas en esta pequeña región autónoma donde los niños pasean calvos y pálidos. Las habitaciones son individuales y hay una cama para que los padres durmamos en ella. Me doy cuenta de que las doctoras y el personal sanitario se esfuerzan por no añadir más incomodidad a la lucha. Son ellas y la buena voluntad de la asociación de padres de niños oncológicos quienes suavizan el tránsito. Si hay momentos gratos o favores que agradecer nunca se deben a los directivos de la administración sanitaria ni a los políticos al mando, sino al voluntarismo de unos profesionales que trabajan con mucho más tesón de lo que su puesto les exige, exprimiendo unos recursos paupérrimos.

Pero todo eso lo iré aprendiendo en el transcurso de las semanas. El primer día sólo siento calambres. Estoy tan aterrado que descuido a Pablo. Recibimos muchas visitas. Los amigos y los familiares desfilan durante toda la tarde, hasta que se hace bien de noche. Pasamos mucho tiempo en el pasillo, llorando abrazados a amigos que no saben qué decir para consolarnos, y es mi madre quien tiene que hacerse cargo de Pablo. La fiebre es cada vez más persistente y fuerte. Los medicamentos no consiguen que baje de treinta y ocho grados, por lo que una enfermera anuncia que debemos recurrir a los medios físicos. Lo dice suspirando, como si le apenase profundamente. Se marcha y vuelve al poco rato con una palangana y unas gasas. Con cara de verdugo, nos explica en qué consisten los medios físicos. Se llena la palangana con agua muy fría, se empapan las gasas y se colocan sobre varias partes del cuerpo. Cuando se calien-

24

tan, se retiran y se vuelven a empapar con agua limpia y fresca. Y así una y otra vez hasta que desaparezca la fiebre.

Suena fácil, pero el contacto de la tela helada hiere a Pablo, que grita como si le clavásemos cuchillos. Llora sin consuelo posible. No hay brazos ni caricias que lo calmen, y a veces tiembla. De frío, de fiebre o de ambos. Pasa una media hora desesperada hasta que conseguimos que la temperatura baje de treinta y ocho grados. Pablo descansa y se duerme, pero no tardaremos en torturarle de nuevo. El termómetro volverá a subir en un par de horas, la medicina no funcionará, y tendremos que recurrir otra vez a los medios físicos. Una y otra vez, una y otra vez cada pocas horas. Y Pablo no se va a acostumbrar. Cada nueva sesión va a ser tan extenuante como la primera. Los mismos llantos, la misma desesperación, el mismo ceño fruncido y la misma súplica que no atendemos. Y aunque, desde ese momento, Pablo aprenderá que no le vamos a rescatar de los médicos, nunca perderá la esperanza y siempre reclamará nuestros brazos salvadores. Por más que sepa que no va a encontrar refugio en ellos hasta que los torturadores acaben su trabajo.

En algún momento nos quedamos al fin solos. Las normas del hospital dicen que sólo puede pasar la noche uno de los padres, pero suplicamos al enfermero que, al ser la primera vez, nos deje quedarnos a los dos. Sobra la súplica, nadie va a importunarnos. Faltaría más, nos responden.

No sé cómo logramos que Pablo se quede dormido en su horrenda cuna de hospiciano. Me descalzo y me tiendo en la cama, dejando un hueco a Cris. Tenemos que abrazarnos muy estrechamente para no caer al suelo. Apagamos la luz y lloramos despacio, pero nos prohibimos preguntarnos el porqué. Desde ese instante, está prohibido invocar a los cielos o buscar un sentido divino o terreno. Tenemos poco tiempo y debemos planear una estrategia para sobrevivir. Los detalles logísticos son importantes para mantener la cordura y la fortaleza. Organizamos unos turnos estrictos para estar con Pablo y nos forzamos a descansar y a comer bien. Cada noche, uno de los dos dormirá en casa. Quien no esté de responsable en el hospital tendrá la obligación de comer y cenar en casa. Mi madre llevará comida recién hecha todos los días. El plan entrará en vigor después de que los médicos nos informen al día siguiente de qué es a lo que nos vamos a enfrentar. Mientras tanto, permaneceremos juntos.

No dormimos. A Pablo vuelve a subirle la fiebre y hay que recurrir a los medios físicos varias veces. *Medios físicos.* Qué mal se le da a la administración sanitaria usar eufemismos. Todos suenan acartonados, previsibles, tecnócratas y huecos. *Medios físicos.* Las putas vendas, los llamo yo. Deberían aprender del crimen organizado: ellos sí que saben usar eufemismos. Un mafioso nunca diría *medios físicos.* Sería mucho más imaginativo.

Amanecemos exhaustos. Hace más de un día que no nos cambiamos de ropa ni nos damos una ducha y prácticamente no hemos comido nada desde el último almuerzo. Estamos débiles y volvemos a necesitar la ayuda de la familia. Las doctoras y las enfermeras, sin embargo, nos dejan descansar. Han prometido llamarnos en cuanto sepan algo para hablar detenidamente de lo que va a suceder, pero mientras tanto no va a pasar nada. Parece que Pablo se encuentra un poco mejor por la mañana y no hay que recurrir a las putas vendas para mantener su temperatura por debajo de treinta y ocho grados. En algún momento, incluso tiene ganas de jugar. Se agota enseguida, pero durante unos minutos sonríe y hace pedorretas y finge ser un niño normal. Me da la sensación de que intenta decirnos que no pasa nada, que todo está bien. Su sonrisa suena a canción de Grand Funk Railroad. Parece que canta «Feelin' Alright» con el mismo desapego que una orquesta de pueblo. Le está empezando a asustar nuestro miedo, ese miedo que no sabemos esconder y que asoma en forma de hipo y de llanto rabioso y fuera de control.

Descubrimos que existe una especialidad psicológica, la psicooncología. Nos visita su titular en el hospital y se pone a nuestra disposición. Se llama Toño y es un hombre cálido y campechano, con un marcado acento aragonés. Su trato es afable y cariñoso, pero austero, y agradecemos mucho que no sea invasivo. Puede que se deba a su oficio, pero intuyo que tiene más que ver con su humanidad y su sentido común. Sabe acercarse ofreciendo información práctica y desdeñando cualquier jerga redentora o de autoayuda. Antes de irse, nos deja unos folletos muy genéricos que responden grosso modo las preguntas más tontas que se plantean los padres de un niño que acaba de ser diagnosticado de un cáncer. Mi hermano los lee y me resume su contenido, escogiendo los párrafos más esperanzadores y omitiendo los más negros, que son pocos. En general, los folletos son asépticos y no entran en pormenores. El léxico está muy cuidado. No aparece la palabra *muerte*, pero sí muchas veces la palabra *supervivencia*. O *tasa de supervivencia*. Hay algunos que hablan del cáncer infantil en general y otros dedicados a la leucemia en particular. Describen sus principales tipos y las técnicas terapéuticas. Casi todas son la misma: quimioterapia. No hay otra posibilidad. También explican a grandes rasgos en qué consiste la quimioterapia, cómo se administra y qué efectos tiene sobre el organismo. Hablan de vómitos y de alimentos que cambian de sabor. Hablan de la importancia de comer mucho para recuperarse pronto de los ciclos. Dicen que el cáncer infantil es una enfermedad rara, que afecta a muy pocos niños y que, en general, tiene un pronóstico mucho mejor que en los adultos.

El día se alarga entre vendas mojadas, llantos y visitas de amigos. Alguien nos grita en un pasillo: ¡Arriba los corazones! Aprieto los puños y a punto estoy de romperle la cara. Sólo necesito una palabra de más o un consuelo torpe para estallar y empezar a clavar cabezas en picas, como un Vlad el Empalador cualquiera. Pero, otra vez, me reprimo. Me siento extranjero en un país cuyo idioma no comprendo y donde todo el mundo me habla. Ni sé qué me dicen ni puedo hacerme entender. Los pasillos se me antojan muy largos, y las habitaciones, gigantes.

Al final de ese día inmenso, la noche también cae, y Cris debe irse a dormir a casa. Lleva muchísimas horas seguidas en el hospital y apenas tiene fuerzas para seguir llorando. Alguien se ofrece a quedarse conmigo y con Pablo. Mi hermano, puede que mi madre, incluso algún amigo. Lo rechazo todo. Me aterra la idea de quedarme solo con mi hijo, pero trato de fingir que no me importa. No podemos empezar flaqueando. Tenemos un plan y hay que cumplirlo desde el principio. La gente se marcha y Pablo se duerme, y yo me quedo mirando su respiración pesada y caliente, que sube y baja contenida en un pecho desnudo y sutil. Me tumbo e intento dormir, pero no lo consigo a pesar del cansancio. Me levanto. Escucho el ruido mecánico de la bomba intravenosa y contemplo el parpadeo de los diodos y de las pantallas electrónicas. Dejo en penumbra la habitación, iluminándola con una pequeña luz nocturna, y miro en silencio el pelo rubio de Pablo. El ruido de la bomba me adormece y me siento culpable al descubrir que tengo sueño.

Extrañamente, pasamos una noche tranquila. Ambos estamos agotados y ni siquiera la fiebre se atreve a perturbar nuestro descanso. Las enfermeras me despiertan un par de veces para tomar la temperatura de Pablo y cambiar algún gotero, pero, a partir de las dos de la madrugada, nadie más entra en la habitación y yo me hundo en un sueño dispéptico e incómodo. Y mientras me dejo caer, me acuerdo de una novela de Somerset Maugham ambientada en Indonesia, con un comerciante holandés y un capitán inglés que sufre dispepsia y que conoce a otro británico en Shanghái, un médico que fuma mucho opio y controla el crimen organizado de la ciudad. Y trato de recordar el título de la novela, pero me duermo antes de averiguarlo.

Me despiertan unos pasos aturullados en el pasillo. Al principio los confundo con un sueño, pero enseguida me desvelo por completo. Me tapo con la sábana hasta la barbilla y me quedo muy quieto. Más pasos, carreras. Puertas que se abren, más carreras. Un llanto de mujer. Al principio, ahogado. Ingobernable, después. Más carreras. Deben de haber llamado a todos los médicos y enfermeras del hospital. Órdenes, palabras rápidas, frases de urgencia. Y, al fin, las ruedas de una cama o de una camilla. A toda velocidad. Cierro los ojos cuando siento que pasan por delante de la puerta de la habitación. Desaparecen fuera de la planta, hacia la salida que da a los quirófanos, pero el llanto de mujer persiste. Lo acompaña la voz de una auxiliar que ya conozco. Dice: Venga, ya, tranquila, ya está, ya está, no te asustes, que ya está controlado. Pero la mujer no deja de llorar. Se mete en su habitación y el llanto se atempera, aunque sigo oyéndolo durante un buen rato. No me muevo, no me atrevo a salir de la cama, ni siquiera puedo girar la cabeza para ver a Pablo, cuya bomba escucho a intervalos regulares y pautados. Ya no puedo dormir. Tengo ganas de llorar, pero no quiero que me oiga esa madre. Pablo duerme incómodo, le oigo moverse, aunque no se despierta. La luz del sol ya se filtra por los agujeros de la persiana. La tregua ha terminado y ahora sé perfectamente dónde estoy y qué idioma se habla aquí.

Los médicos no saben si Pablo nació ya con la enfermedad o si la contrajo después. A veces me da la sensación de que apenas saben nada. Y esta ignorancia abre una fisura a la especulación, el rezo y el curanderismo. El pensamiento mágico puede infiltrarse con facilidad en esta parte de mi vida en la que sólo quiero ciencia, método, razón y análisis.

Hay pensamiento mágico por todas partes. Dice Susan Sontag que la enfermedad está llena de metáforas, y que el mejor modo de permanecer sano en ella es ignorándolas o destruyéndolas. La metáfora es una forma de conocimiento. Su función literaria es decir más de lo que el lenguaje lineal y explícito es capaz de decir. La metáfora ahonda en realidades que el registro normal de un idioma no puede penetrar ni comprender. Pero hay un uso perverso de las metáforas que acaba ocultando la naturaleza de su objeto, cargándola de connotaciones impropias. El cáncer ha sido cubierto por un montón de capas metafóricas que hacen casi imposible su comprensión. No su comprensión médica, sino la social, la que afecta a quienes lo sufren y a quienes nos duele. Sontag escribió esto en 1978, cuando el cáncer era casi un tabú. Treinta años después, muchas de esas metáforas ya no tienen sentido, pero persisten demasiados lugares comunes y muchas ganas de esconder lo más feo de la enfermedad. Un discurso triunfalista que pocos médicos se atreven a matizar habla de la próxima curación del cáncer. Cada pequeño avance se presenta como una victoria épica en una guerra larga y cruenta cuyo triunfo final creemos que nos pertenece —la bélica es la más recurrente de las metáforas, casi una alegoría—. Aunque lo cierto es que llevamos más de un siglo anunciando una cura inminente que nunca llega. El enemigo se resiste a ser vencido, pero no nos damos por enterados.

Si la metáfora bélica es certera, nosotros somos como Hitler en la primavera de 1945, con los rusos en las puertas de Berlín. Hitler reunía a su estado mayor y planificaba estrategias fantásticas con tropas que ya habían sido derrotadas o que huían como patos torpes o que, simplemente, nunca existieron. Los generales se miraban unos a otros, sin atreverse a contradecir las órdenes del Führer sobre el mapa de una Alemania que ya había desaparecido, el mapa de un país ficticio, de una Europa fantástica que sólo persistía en la cabeza de Hitler. Los generales son los oncólogos, que se encogen de hombros ante cada nueva promesa de triunfo. Ellos conocen la verdad que otros esconden tras los cuadros estadísticos diseñados con colores fuertes, animosos y de esperanza —rojos antes que azules; flores de enamorados antes que flores de tumba—, y saben que detrás de esas cifras no hay tanta esperanza como se presume.

Los delirios del Hitler derrotado conviven con el tabú, con el lagarto, lagarto, con la iconografía heredada de la tuberculosis. Es difícil no pensar en *La montaña mágica* cuando se pasan tantas horas en una planta de oncología pediátrica. En el sanatorio de la novela de Thomas Mann, los cadáveres de los tísicos que mueren durante la noche se evacuan por una puerta discreta, en trineos cubiertos que bajan hasta el valle en medio de la oscuridad. El mito de los trineos nocturnos que transportan los cadáveres obsesiona a los internados de la clínica del doctor Behrens. Nadie los ha visto, pero todo el mundo sabe de su existencia. Lo único que atisban de la muerte es que, un día, uno de sus compañeros no se presenta al desayuno. Se enteran de que está demasiado débil para bajar al comedor, y sus amigos, si el doctor no lo prohíbe, lo visitan en su lecho. Al día siguiente, alguien pasa junto a la puerta del dormitorio del moribundo y la encuentra abierta. Dentro, el servicio coloca sábanas nuevas y limpia con cuidado los rincones. Y ya está. No hay anuncios ni necrológicas ni lamentos. En la silla que el enfermo ocupaba en el comedor pronto se sentará un nuevo huésped, quizá una melancólica princesa rusa, o un gordo e irascible banquero alemán, o un excéntrico artista italiano, y nadie volverá a mencionar al ausente.

Esta novela contamina mis primeros días en el hospital. Me siento como Hans Castorp. Todos los libros que llevo a la habitación parecen titularse *Ocean Steamships* y están cubiertos por una capa de carbonilla de ferrocarril.

La planta de Oncopediatría es pequeña. Los niños enfermos de cáncer son muy pocos y no necesitan una planta completa. El resto de las unidades del hospital tienen dos pasillos con habitaciones a cada lado del control de enfermería. En Oncopediatría sólo hay un corredor. El otro está cerrado por unas puertas de cristal opaco con carteles que prohíben el paso al personal no autorizado. Un tramo de habitaciones de hospital vetado al público. Lo miramos con inquietud, evitamos acercarnos a las puertas. Hasta que una tarde, Cris se atreve a decirme: Creo que ésas son las habitaciones adonde llevan a los niños que se van a morir. Yo pienso lo mismo, pero no quería decírselo. Ahí están aparcados los trineos del doctor Behrens, fuera de nuestra vista, para no desmoralizar a quienes seguimos creyendo que nuestros hijos se curarán. La trampilla camuflada conectada con el depósito de cadáveres, para que no veamos los trineos cubiertos con mantas que bajan al valle en medio de la noche.

Algunas madrugadas, cuando salgo de la habitación para beber agua o para estirar un poco las piernas, aprovecho el silencio y la soledad y abro una rendija la puerta maldita. Veo un pasillo idéntico al nuestro, pero con muchas taquillas en la pared enfrentada a las puertas de las habitaciones (que, por lo demás, son exactamente iguales que las del resto del hospital). No hay pasadizos secretos ni ataúdes apoyados en las esquinas ni padres llorando en el suelo. No me entretengo mucho en la inspección, por miedo a que me sorprendan, y vuelvo junto al lecho de Pablo tan intrigado como me fui.

No sé cómo descubrimos un día lo ridículo de nuestras fantasías. Puede que las propias enfermeras nos lo contaran, o lo desveló nuestro conocimiento creciente de los recovecos del hospital. Las habitaciones de ese pasillo son las que usan los médicos de guardia para dormir y para cambiarse de ropa. No es más que eso, una zona funcional y aséptica, un área de descanso instalada ahí aprovechando las pocas necesidades de espacio que tienen los niños con cáncer.

Ni Cris ni yo escapamos del imaginario literario de la tuberculosis, que se traslada casi íntegro al imaginario del cáncer. Y nos reímos de nuestros miedos y de cómo todavía pensamos como piensa alguien sano, cuando deberíamos empezar a pensar como enfermos, a salvo de tabúes y metáforas. Pero no es tan fácil ignorarlas. Aún nos quedan unos cuantos desengaños para desprendernos por completo de todos los conjuros del pensamiento mágico.

Me obsesiona saber que nos vimos antes de que todo pasara, que hubo una pequeña fisura en el espacio-tiempo que me permitió atisbar el futuro próximo. Entonces no lo entendí, pero ahora sé que el pensamiento mágico no admite casualidades.

Fue durante una de las últimas ecografías del embarazo de Cris. Esperábamos nuestro turno en las consultas del hospital infantil y apareció una celadora empujando una cuna con dos padres detrás en los que, al principio, no me fijé. Cuando la cuna pasó ante nosotros para entrar en una de las salas de ecografías, vi que llevaba algo escrito en la plancha metálica inferior: «oncopediatría». Yo estaba entonces muy preocupado por la cesárea, por el feto que venía de nalgas y no se daba la vuelta, por las mil y una complicaciones que me atormentaban y que no le podía ni quería comentar a Cris, y leer ese rótulo me sacudió como un mazo a un gong, con ruido de película añosa. Mis histéricas e hipocondríacas neuronas se abrieron a un nuevo mundo de horrores posibles nunca pensados hasta ese momento. Levanté la vista hacia el niño. Un bebé de menos de un año dormido en un sueño inquieto, dolorido y pálido. Y miré sin ningún pudor a los padres. Él la sostenía a ella. Ella lloraba y él parecía que acababa de terminar de llorar. Miraban a su hijo, no parecían ver nada más. Caminaban arrastrando los pies y entraron en la consulta detrás de la celadora como si marcharan en un cortejo fúnebre. La puerta se cerró tras ellos, y entonces me volví hacia Cris: ¿Has visto de dónde venía esa cuna? No, no me he fijado. Llevaba escrito «oncopediatría». Joder, qué mierda. Sí, qué mierda.

Y no dijimos nada más. ¿Cómo adivinar que aquel niño era Pablo y que aquellos padres éramos nosotros, en una premonición que cualquier agorero habría sabido interpretar sin esfuerzo?

Hoy sé exactamente en qué parte del proceso estaba esa familia. En una de las más duras. Es uno de los primeros pasos del protocolo. Antes de empezar cualquier tratamiento de quimioterapia, el niño se somete a una serie de pruebas para descartar problemas cardíacos, pulmonares, hepáticos y de otro tipo. Para asegurarse de que puede aguantar lo que vendrá después y en qué dosis podrá soportarlo. Una de esas pruebas interminables es una ecocardiografía. Generalmente, se programa un día después del diagnóstico. Hacía menos de veinticuatro horas que aquellos padres habían recibido la noticia de que su hijo padecía cáncer. Y, como nos pasaría a nosotros cerca de un año más tarde, aún no lo habían asimilado, y seguían a celadores y auxiliares como perros amaestrados a través de pasillos blancos y enormes y ascensores y consultas y salas de espera y nuevas consultas. Se movían por una geografía hostil, inaprensible, por un paisaje emborronado de batas blancas y abuelos sentados en sillas de plástico. Como nosotros, no imaginarían entonces que, muy pronto, aquel territorio laberíntico en el que sólo podían moverse conducidos por el dogal invisible de los celadores se iba a convertir en algo parecido a un hogar. O en un antihogar: un espacio que, precisamente por ser la antítesis de un hogar, acaba convirtiéndose en él. Pronto estarían tan socializados como nosotros. Pronto se escurrirían por aquellos pasillos, aquellos ascensores y aquellas consultas con la misma fluidez que un enfermero con veinte años de experiencia. Pronto localizarían todos los baños del edificio, sabrían qué máquinas dan un café menos malo o más barato, memorizarían la lista de precios de todos los cacharros de autoservicio y aprenderían a usar atajos, a salir y a entrar por otras puertas. Adaptación al medio. Socialización. Y, cuando hubieran asimilado toda la información práctica necesaria para sobrevivir en su nuevo hábitat, seguirían por la accesoria. Se aprenderían los nombres de todos los médicos, enfermeras y auxiliares de su planta. Y no sólo los nombres. Estarían al tanto del currículum y situación laboral de cada doctora, sabrían cuál de ellas es soltera y quién tiene peores dotes de actriz y se emociona más con los niños. Y con alguna de ellas, por empatía o por qué sé yo qué extraños resortes humanos, acabarían entablando algo parecido a una amistad. Algo parecido, porque lo que ocurre en esta geografía laberíntica de pasillos y ascensores y consultas no puede transcribirse en términos sociales al uso. Aquí todo es un sucedáneo. Cualquier sentimiento y cualquier afecto debe ser puesto entre comillas y pocos resistirían la prueba de la calle, del bar, de las cañas de cerveza. Aquellos padres aprenderían pronto que, en el hospital, las reglas de la convivencia y el cariño son distintas. Y se aprenderían también los nombres y las vidas de todos los enfermeros y auxiliares. Sabrían que uno de ellos tiene un hijo de la misma edad que el suyo, que otra no lleva nada bien la adolescencia de sus pequeños monstruos, que otra vivió en Tenerife y volvió a Zaragoza para casarse con un marido del que sigue enamorada hasta las cachas (*sic*) y que era guapísima de joven, y se nota, porque sigue siendo una mujer guapa, y que la enfermera que acaba de sacar la plaza por oposición se está dando una tregua antes de plantearse pedir el traslado a otro servicio, porque tiene a los niños en la cabeza día y noche. Y acabarían descubriendo que los veteranos de la planta llevan años barriendo los rincones más sucios de la condición humana y que en cada uno de sus silencios hay más sabiduría y comprensión que en todos los libros de Goethe.

No tardarían en saberlo. No tardaríamos en saberlo. Pero entonces sólo éramos zombis que arrastraban los pies, siguiendo dóciles a una celadora por un laberinto de batas blancas, prisas y abuelos sentados en sillas de plástico.

¿Cómo voy a mantener a raya el pensamiento mágico si cada recuerdo es una advertencia?

Hijo, ¿qué te duele, qué puedo hacer? En tu cuna respiras y transpiras con los ojos abiertos, mirando algo que no está aquí, concentrado en tu dolor. Como un animal herido en el bosque, me digo. Casi puedo oler la alfombra de agujas de pino que hay bajo tu cara, y la fragancia de la resina, y escuchar el zumbido de las cigarras y ver los puntos de sol entre las ramas de los árboles. Y tú ahí, yaciente, como un jabalí alanceado que espera la llegada de los perros, ese impertinente galgo que te olisqueará para comprobar que sigues vivo. La cara contra las agujas de pino, el bosque borrándose en tu cuerpo. Animal herido, mi hijo. Animal herido, Pablo.

Herido y asustado de no entender. ¿Cómo puedo explicártelo? ¿Cómo puedo devolverte la mirada de niño, tu sonrisa, tu respiración dulce y serena? Mis dedos entre tu pelo largo, tu pelo rubio, tu pelo suave. Te peino y te despeino con mis manos finas que no conocen más oficio que el de escribir, y ansío que las yemas de mis dedos te calmen y te borren esos ojos de animal herido. Ciérralos al menos, mi vida. Descansa y duerme un rato, no te empeñes en seguir mirando lo que no está aquí. Reposa, que yo mantendré alejados a los galgos. Ningún perro te olfateará. Nadie perturbará tu dolor.

He aprendido a sostener a Pablo en brazos sin que se obstruyan los muchos cables a los que está conectado. Los cirujanos le han instalado un reservorio en una vena del pecho y las enfermeras le pinchan en un botoncito que sobresale bajo su piel amarillenta y descuidada. No le duelen las agujas ni le molestan las vías, pero su pequeña cicatriz me escuece mucho. Eva, que tiene quince años y una leucemia con buen pronóstico, dice que los pinchazos en el reservorio no hacen daño, que no se nota nada. Eva es una chica dulce que se encariña de Pablo, y a Pablo le gusta hacer el bruto en la sala de juegos para llamar su atención y provocar su risa. Eva lleva un pañuelo en la cabeza y no soporta el aislamiento. Quiere salir con sus amigas, ligar con chicos, ir a clase, maquillarse, beber cerveza y sentir el cierzo alborotar un pelo que no tiene. Pronto serán las fiestas del Pilar, y el jaleo en las calles subrayará su condición de prisionera y hará más pálida su palidez y más sola su soledad. Con Eva nos reímos. A todos nos gusta mucho Eva, la serenidad que transmite, su austeridad resignada. Al verla, siempre pienso en ese famoso verso de Claudio Rodríguez: «Estamos en derrota, nunca en doma». Muchas veces quiero recitárselo, pero nunca encuentro la ocasión.

Gracias a Eva sabemos algunas de las cosas que siente Pablo. Cris se las pregunta para que, a través de su voz, hable Pablo, que no nos puede relatar sus dolores ni sus sensaciones. Ella nos describe el cansancio de la anemia y el dolor de los huesos, y también las náuseas de la quimioterapia. Ejerce de traductora simultánea del interior de nuestro hijo y le agradecemos con los ojos que nos permita entender por qué llora o por qué se queja.

No sólo he aprendido a no obstruir los cables que transportan el veneno de la quimioterapia al cuerpo de Pablo, sino que me he convertido en una especie de enfermero suplente. En pocos días, he aprendido a manejar las bombas intravenosas. Cada vez que pitan, sé por qué lo hacen, y entiendo los mensajes del display mejor que algunas enfermeras novatas o que las estudiantes en prácticas. Sé distinguir una oclusión distal de una proximal, y sé solucionar la primera sin necesidad de llamar a nadie. Sentado con Pablo en brazos, leo un libro mientras él dormita y me siento seguro, dueño de la situación. En pocos días he pasado de ser una especie de muerto en vida que arrastraba los pies por pasillos extraños y que trataba de diferenciar a las enfermeras de las auxiliares a convertirme en un experto que se siente cómodo. Asimilo las nuevas rutinas muy rápidamente, y me ayuda comprobar que la quimioterapia funciona. Ese veneno que avanza lento y diluido en mucho suero por un cable naranja está curando a mi hijo. Es evidente para cualquiera. Pablo ha recuperado la vitalidad, juega, se ríe y ya no ha vuelto a tener fiebre ni manchas en la piel (esas petequias causadas por las hemorragias internas). Las doctoras, cautas, aseguran que ha habido una respuesta positiva al tratamiento. Al menos, clínicamente. Es un buen indicio, aunque no significa nada. No sabremos si ha funcionado hasta dentro de unas cuantas semanas, pero contemplar la cara de mi hijo, que de vez en cuando se adorna con una de sus deslumbrantes sonrisas desdentadas, me da la tranquilidad que necesito en estos momentos.

Pablo recibe el primero de los cuatro ciclos de quimioterapia previstos en el protocolo para leucemias mieloides. Los análisis han descartado que la enfermedad se haya extendido por el sistema nervioso central. De momento, sólo está en la médula y en la sangre, lo que facilita un poco las cosas y nos ahorra unas dosis intratecales (inyectadas directamente en la médula espinal, con grave riesgo de producir daños neurológicos). El tratamiento es intravenoso. El primer ciclo consiste en una semana de administración continuada de citarabina, acompañada de idarrubicina y etopósido. La bomba las introduce en el cuerpo de Pablo a una velocidad bajísima, pero incluso en una concentración tan escasa, la citarabina es un veneno devastador que va a destruir toda su médula y su sistema inmunológico. Le provocará una aplasia muy severa durante la cual será muy vulnerable a virus y bacterias, pero de la que se recuperará en tres o cuatro semanas. Cuando su médula vuelva a funcionar y a fabricar células sanguíneas, le harán una punción para determinar el éxito del tratamiento. El objetivo es conseguir que los blastos —las células mutadas que causan el cáncer— se queden en niveles por debajo del cinco por ciento. La buena respuesta clínica es esperanzadora. Alguien nos ha dicho que, cuando el tratamiento no funciona, el paciente empeora rápidamente, y Pablo mejora día tras día. Por eso, contra toda precaución y consejo, leo tranquilo y feliz con mi hijo en brazos, que ya casi se ha quedado dormido. Con la mano que tengo libre, le acaricio un pelo que aún no se ha caído. Rubio y largo, fino y suave. El cabello dorado que se alborotaba en Italia, poco antes del diagnóstico, en nuestro último viaje familiar. Desde hace unos pocos días, nos obligan a llevar mascarilla en su presencia y hemos restringido las visitas para evitar contagios. Pero, como estamos solos, me bajo un momento la mascarilla, con gesto clandestino, y le beso en ese pelo de oro que pronto desaparecerá. Pablo interpreta el beso como una invitación al sueño, porque se queda inmediata y profundamente dormido. Yo sigo hablándole, nunca dejo de susurrarle frases. Duerme, cariño, duerme, que te vas a curar.

En el hospital hay que atender demasiadas urgencias. Pero, en casa, a solas y cansados, nos vence el peso de lo inmediato. Me vence a mí y sé que le vence a Cris. En casa lloramos y en casa sentimos la ausencia, que no es un hueco ni un vacío, sino una masa que crece y se apodera de la cocina, del pasillo y de las habitaciones como los blastos que colonizan la sangre y el cuerpo de Pablo. Es en casa donde el puto y mediocre guionista que escribe esta historia ha colocado sus trampas más zafias. Un chupete que cae de la repisa del dormitorio y aterriza a mi lado en la almohada. Un juguete sonoro que se pone a cantar bajo el mueble donde quedó olvidado. Un cubierto infantil que aparece debajo de la cuchara que acabo de sacar del cajón. Y también están los olores. Los olores fantasmagóricos que subrayan la ausencia, que persisten como si estuvieran dando vueltas en busca de la piel de Pablo, donde quieren volver a impregnarse. Olores de cremas y olores de mantas sucias. Perfumes de champús y fragancias de agua oxigenada. Golpes de efecto baratos e insoportables, reiteraciones de guion de telefilme de sobremesa, pirotecnia melodramática. Medianías narrativas, pero muy eficaces. No encajarían en un relato de ficción, sonarían pueriles y previsibles, pero en la noche y la penumbra de la casa, con el plato de una cena insípida y autoimpuesta en el regazo, sentado en el sofá frente a una televisión que no se quiere ver, detonan el llanto.

No soporto el silencio ni la sombra. Enciendo todas las luces y conecto todos los aparatos. Desde el instante en que abro la puerta hasta que me marcho por la mañana, siempre hay algo que suena y al menos una luz encendida en la casa. La tele en el salón y la radio en el dormitorio. No quiero música, busco voces. Me da igual lo que digan y el idioma en que lo hagan, pero quiero que hablen, que llenen con muchas palabras el aire de las habitaciones.

Desisto de dormir en el sofá por motivos castrenses. La disciplina a la que nos obligamos exige un descanso regular y adecuado. Agotarse por no dormir lo suficiente o de la forma correcta es un acto de alta traición para con la otra mitad de la pareja. Si no dormimos, que sea por motivos ajenos a nuestra voluntad. Sólo entonces se disculpa el delito. Así que me voy a la cama para no decepcionar a nadie y por una cuestión de honor, porque lo que me pide el cuerpo es adormilarme frente al televisor mientras me emborracho suavemente con unos vasos de Jim Beam.

La única razón por la que no me paso el día borracho y vagando por la ciudad, venciéndome a la lógica narrativa de la desesperación, es que soy dolorosamente consciente de lo mucho que mi chica y mi hijo me necesitan. Les debo todo mi yo, no me permito arrebatarles ni un gramo. Por eso reduzco el consumo de bourbon a un chorrito deslizado sobre un hielo después de cenar. Es el único alivio que me tolero, pero mi cerebro me pide con latigazos sedientos que me beba la botella entera, que no la suelte, que reviente hasta que el hígado salga por la boca. Y si resisto no es por una vocación castrense recién descubierta, sino porque no concibo alternativa, porque estoy obligado a elegir entre mi familia y yo. Y no tiene mérito alguno elegir a mi familia. Me comporto como un mamífero, sigo mi instinto de jefe de manada. Nada más. La borrachera y el suicidio son actos civilizados, y yo he renunciado a la civilización, soy pura barbarie.

Duermo con un viejo radiocasete que coloco en el lugar que suele ocupar Cris y dejo la luz del baño encendida. Me acuesto y conecto la radio, bajita pero bien audible. Esa radio siempre está sintonizada en la Cadena Ser y, en mis días anteriores al diagnóstico, solía adormecerme con las historias de *Hablar por hablar*, uno de esos programas de madrugada en los que una caterva de desgraciados telefonea para compartir sus penas y sus miserias, más o menos como hago yo en estas páginas. Pero ahora no tengo ánimos para soportar pequeños dramas ajenos. Me irrita escuchar el llanto de una amante despechada, los juramentos de un marido cornudo o la paranoia histérica de una madre que ha descubierto que su hijo fuma porros. Sus incomodidades resuenan como blasfemias dentro de mi burbuja de dolor. Aun así, sigo necesitando una voz que me acompañe. Recorro el dial en busca de una emisora donde se pasen la noche soltando palabras y donde las canciones sean un simple adorno que suene muy de cuando en cuando. Encuentro una cadena convencional, blanca y aburrida. Uno de esos programas con locutores estirados y anticuados, que no dicen tacos y gustan de exhibir su cultura de bachillerato ante amas de casa insomnes que leen novelas de Antonio Gala.

Me acuesto de lado y, mientras oigo la cháchara, recuerdo un encuentro que tuve hace muchos años con una de esas señoras atildadas y elegantes de la radio antañona. Lo había olvidado y ahora pienso que es material para un cuento. Vivía entonces en Madrid, muy cerca de Cuatro Caminos, y caminaba por la verja lateral de lo que eran los depósitos del Canal de Isabel II, y hoy, los Teatros del Canal. Asomada a esa verja historiada, de forja decimonónica, se inclinaba una señora con el brazo en cabestrillo. Al pasar junto a ella, se giró y me pidió ayuda. Estaba muy angustiada. Me acerqué.

Ay, por favor, tú que eres joven, ¿no podrías saltar la verja? Es que hay unos gatos que llevan unos días ahí y no saben salir y se van a morir de hambre. Yo les intento traer comida todos los días, pero mira cómo me encuentro. Ahora estoy de baja y puedo pasarme a alimentarlos, pero voy a volver a trabajar pronto y no podré venir, y entonces se morirán.

Miré la verja y me vi a mí mismo ensartado en ella, como una innecesaria y posmoderna adherencia al forjado isabelino-segundino. Pobre mujer, había confundido mi altura y robustez con alguna especie de aptitud atlética. Lo lamentaba mucho, pero me sabía completamente incapaz de saltar aquella verja. O, al menos, de saltarla dos veces. En el supuesto de que consiguiera pasar y rescatar a los gatitos, no podría volver, y la señora tendría que venir todos los días a traerme bocadillos y termos de café con leche. Decididamente, era mucho más barato alimentar a unos felinos que a un tipo gordo y grande como yo.

He llamado un montón de veces al Canal de Isabel II y no me hacen ni caso. Hasta he contado la historia en la radio, porque trabajo en Radio Nacional, hago un programa de madrugada —me dijo su nombre y fingí que lo conocía y que alguna vez había escuchado su emisión; con razón me sonaba su voz, aventuré—, pero nada, que a esta zona sólo acceden una vez cada dos meses, cuando acuden los de mantenimiento.

Yo pensaba que unos gatos callejeros *comme il faut* podrían salir de allí cuando les diera la gana. Un perro tonto y torpe seguro que se quedaba atrapado, pero si los gatos seguían ahí era porque estaban a gusto y sabían que aquella señora les llevaba comida. Si ella no aparecía en dos días, saldrían en busca de otra locutora de Radio Nacional que les alimentase. Pero no quería desencantar a la mujer. Bastante la había decepcionado ya al negarme a trepar por el enrejado. Aquella locutora atildada, que en el registro coloquial hablaba como ante un micrófono, me inspiró una ternura infinita. Ella quería adoptar a los gatos y yo quería adoptarla a ella. Qué sola debía de sentirse, desahuciada de todo, marginada a un programa sin audiencia y exudando el empalagoso olor de la soltería involuntaria. Estaba a un paso de convertirse en la *loca de los gatos* que todo barrio y todo pueblo contienen en su censo.

Seguimos charlando un rato más y tuve que excusarme porque llegaba tarde a una cita —y aquello era asombrosamente cierto—, y tras andar unos metros, me volví y la vi in-

clinada en la verja, persistente, llamando a los gatos para ins-
tarles a encontrar una salida. ¿Cómo decirle que no eran los
gatos quienes estaban atrapados, mi pobre y dulce locutora?

Pasé al día siguiente a la misma hora, en parte decidido a ejecutar un gesto heroico y por lo menos intentar
(porque sabía que conseguirlo era inútil) saltar la verja y
rescatar a sus gatos. Pero la acera estaba despejada. No había locutora ni, por supuesto, gatos. Una y otros habían
encontrado otro refugio.

Me propuse escuchar el programa de la señora, pero
no pude hacerlo más de un par de veces. Era aburridísi-
mo. El sopor venció a mi ternura. Y ahora estoy aquí, escuchando un programa parecido e intentando averiguar si
esa voz que suena es la misma que buscaba aliviar la angustia
de los gatos del Canal de Isabel II. Quiero creer que sí, que
es ella, pero no estoy seguro. Es difícil distinguir las voces de
las locutoras de estilo clásico. Si es ella, no sabe que el gato
atrapado ahora soy yo, y que, como aquellos animales, me
aferro a su voz para que el llanto y las pesadillas no me roben
el sueño que tanto necesito.

Ruedas de grillo chillan en el corredor. Una luz blanca y sucia subraya la irrealidad desengrasada de lo que sea que se mueva fuera. Estoy solo en el cuarto. La cuna de Pablo está vacía. Me acerco a la puerta, la abro y contemplo la fuente del chirrido que me pone tan nervioso. Un tren de camillas de muertos. Un celador tira de él como si fuese su locomotora, y arrastra unos vagones encadenados sobre los que alguien ha arrojado un montón de cadáveres. No están colocados ni cubiertos por sábanas. Retorcidos, con los ojos desorbitados y los brazos dislocados en decenas de posturas imposibles. Rígidos y verdes, blancos y colgantes, con piernas que pendulean como marcando el paso de un tiempo que ya no corre. El tren es larguísimo, los muertos no se acaban. Son adultos, hombres con penes erectos y bocas descerrajadas. Respiro con fuerza, el aire no me alcanza los pulmones y reconozco la asfixia del pánico, el ahogo previo al desmayo. Quiero dejar de mirar y no puedo. El tren de camillas marcha a ritmo lento, me da tiempo de fijarme en todos los rasgos y detalles de cada muerto y no sé apartar la vista de ellos. Quiero cerrar los ojos o, al menos, desmayarme al fin y abandonarme a la inconsciencia. Hace tiempo que busco la inconsciencia. Pero el tren me atrae demasiado, se ata a mis retinas como si les hubiera echado un lazo.

Despierto ahogado, respirando muy deprisa y con mucho sudor. Me cuesta entender dónde estoy, y el sonido pautado y metódico de la bomba que infunde quimioterapia a mi hijo tarda unos segundos en devolverme una leve sensación de realidad. Pablo duerme tranquilo. Como un tronquito, como dice su madre. Se ha destapado, no le gustan las sábanas del hospital. Me levanto, le arropo y contemplo un rato su sueño. Hasta que me aseguro, por su cara relajada y sus músculos distendidos, de que no le he contagiado mi pesadilla y de que su cerebro no inventa trenes de cadáveres ni cuerpos rígidos que, ahora sé, estaban directamente sacados de *Los desastres de la guerra*. Nunca pensé que Goya hubiera colonizado mi subconsciente hasta capas tan profundas. Pero, al parecer, cuando necesito inventar muertos, recurro a sus grabados. Me enfado conmigo, me creía más moderno. Como si no hubiera visto suficientes muertos en el cine para tener que recurrir a cuadritos en blanco y negro de hace doscientos años. Qué educación de mierda he recibido, pienso, que ni un muerto contemporáneo puedo imaginar.

Arropo a Pablo, me beso las yemas de los dedos y acaricio su frente con ellas, en un beso indirecto que es mitad caricia. Él frunce el ceño y se revuelve. Cambia de postura y sigue durmiendo. Yo vuelvo a la cama, pero ya no duermo más.

Mi madre apenas conserva media docena de fotos de mi primer año de vida. En una de ellas me parezco mucho a Pablo, confirmando la semejanza que casi todo el mundo ha establecido entre nosotros desde el día en que nació y que el tiempo agudizó conforme él dejaba de ser bebé y se hacía niño. La foto es en blanco y negro, probablemente tirada y revelada por mi abuelo, que era un fotógrafo aficionado de cierta pericia. Es una reproducción grande con los bordes amarillos de la que emana un tufo desarrollista insufrible. Apesta a colilla de Ducados y a Simca 1000, a gafas de pasta y a casete de cantautor. Es el testimonio de la felicidad frágil de dos jóvenes veinteañeros sin dinero y maleados en la inercia de un país compuesto de lugares comunes. Dos chavales que, contra lo que hoy sería admisible, tuvieron a su hijo antes de asegurarse un futuro, construyéndolo al mismo tiempo que crecía él. Ahí estoy yo, triunfal dentro de mis pañales. La afirmación que anulaba cientos de negaciones, el bebé enfermizo que salió de la incubadora y se hizo fuerte en una casa sin calefacción con un sueldo de electricista que no alcanzaba para caldearla.

Pablo también posa triunfante en las fotos. Pero, si mi madre apenas tiene seis o siete placas en las que amparar su recuerdo, yo poseo miles y miles de archivos digitales. La tecnología me ha permitido documentar cada día de la vida de mi hijo. No hay gesto ni momento significativo que no haya sido retratado. Tengo el ordenador saturado de imágenes suyas. Un archivo que de pronto se ha vuelto inflamable. Carpetas y carpetas llenas de visiones de un ayer imposible.

Cuando el ordenador se queda en reposo, el protector de pantalla lanza una secuencia aleatoria de las fotos contenidas en el disco duro. Al principio, la mayoría hablaba de nuestra vida de pareja sin hijos. Instantes de los viajes por el mundo, caras de amigos, rincones de lugares queridos. Conforme Pablo fue creciendo, se apoderó de la selección. Casi todas las imágenes eran suyas, y de vez en cuando se colaba alguna intrusa de una vida que ya no reconocíamos como propia. Pablo había convertido el pasado en un pretérito tan rotundo que cada vez que aparecía una calle de Nueva York o un paisaje del sur de Francia o el interior de un restaurante de Buenos Aires, los percibíamos como defectos, como partes que correspondían a otros todos.

Pablo entendió el juego apenas alcanzó conciencia de sí mismo. Sentado en mis rodillas, sonreía y saltaba cada vez que reconocía su cara. Una y otra vez, en una sucesión infinita de Pablos de la que nunca se cansaba. Pablo desnudo en la bañera. Pablo sentado en la que fue la butaca favorita de mi abuelo en su casa del pueblo. Pablo boca abajo en la cama de sus padres. Pablo en brazos de Cris, en alguna calle del centro. Pablo recién nacido con ojos de rana y boca de pez. Pablo en su trona con una galleta deshecha en las manos. Pablo gigante, con su cara abarcando todo el encuadre, intentando devorar el objetivo. Pablo sonriente. Pablo enfadado. Pablo dormido en su silla de paseo. Pablo en brazos de su abuela. Pablo en Marsella, en nuestro primer viaje familiar. Junto a la playa de los Catalanes, con el fuerte detrás y el puerto viejo a un lado.

Y en el clímax de la orgía de Pablos, una disonancia. Su madre posando con una cerveza Corona mediada en una ciudad colonial de México bajo un sol vertical y caribeño. O su padre fingiéndose escritor en un café pedante de Saint-Germain-des-Prés. El Pablo real, molesto por esa interrupción del flujo de Pablos digitales, retiraba la vista del monitor y volvía la cabeza buscando mis ojos. Muy serio, exigiendo una pronta explicación a ese intolerable desliz fotográfico. Si el bucle de Pablos no se retomaba inmediatamente después de aquel error, perdía todo interés y se tiraba al suelo en busca de algún juguete o de una estantería que desordenar. ¿Qué le importaba nuestra vida antes de que él naciera, cuando no éramos papá y mamá, cuando no éramos nada de lo que debíamos ser? A los pocos segundos podía reaparecer la secuencia, y podía hacerlo con una foto nuestra de espaldas. Mi hijo, en mis brazos. Yo, haciendo equilibrios de pie sobre las rocas de un malecón. Su mano, agarrando fuertemente mi camisa, arrugándola en un pellizco, y su cabeza vuelta con fascinación y miedo hacia una plancha horizontal y azul que verdea con la luz de la tarde y que se rompe en trozos de espuma contra las rocas desde las que la admiramos. Sé lo que le estoy diciendo en ese momento. Es el mar, hijo, mira el mar. Las olas que golpean las piedras salpican gotas saladas. Es agua, hijo. Agua. Quiero que repita la palabra *agua*, que tan bien sabe decir y que tanto utiliza, pero no se fía, no se cree que ese azul que es verde y se mueve y hace ruido sea agua. El agua fluye, es transparente, viene en botellas y se bebe en biberones. El agua no es aquello. Y tiene razón, tengo que darle la razón. Aquello no es agua, es el mar. Estamos en Italia, en la Costa Azul. Sanremo, pocas semanas antes del diagnóstico. Nuestros últimos días de sol y risas, una de las últimas fotos archivadas en el disco duro.

Hay pocos vídeos, en comparación con los miles de fotos que acumulamos. Uno de ellos se guarda en el teléfono móvil de Cris, desde donde se grabó. Pablo y yo estamos sentados en la orilla de una playa de piedras gruesas, en Niza, un atardecer después de la lluvia. Las piedras están un poco húmedas, pero colocamos un pareo y nos acomodamos en esa playa incómoda y tan poco playera. La voz de Cris domina el audio. Le dice cosas a Pablo, le insta a que mire el mar, a que se asombre y actúe para el vídeo. No nos hace caso y nos ponemos a hablar entre nosotros. Entonces, Pablo aprovecha la distracción para coger una piedra y metérsela en la boca. Cuando nos damos cuenta es demasiado tarde y la tiene dentro casi entera. Por suerte, es una piedra grande y no puede tragársela, ni siquiera le cabe entre los dientes, pero la ha chupado. Se escuchan nuestros gritos, la imagen tiembla por la alarma. Le arrebato la piedra y le abronco, pero mi furia didáctica —poco creíble, pues la acompaño de carcajadas— le deja indiferente, y no disimula que sólo está esperando un nuevo descuido para volver a comerse otro canto.

¿Qué hacer con esas horas de grabación en bruto? ¿Dónde escondemos todos esos megabytes de archivos fotográficos?

Los primeros días pensé en destruirlos, pero pronto domeñé mi instinto y no sólo los conservé, sino que hice copias de seguridad en varios discos duros. Sin embargo, conforme avanzó el tratamiento y Pablo perdió todo su pelo para adoptar un aspecto perenne de niño enfermo, nos asaltó otra duda. ¿Debíamos hacer fotos en el hospital? ¿Queríamos guardar recuerdos de aquellos días desinfectados?

Al principio, me negué. Nos negamos. No habría fotos de los días de hospital. Nadie vería los conductos naranjas por los que fluía la quimioterapia, ni la cabeza pelada y brillante de mi hijo dormida sobre una sábana estéril. Nadie, ni siquiera nosotros. Olvidaríamos aquellos momentos como merecían ser olvidados. Y así fue hasta una tarde en que llegué a la planta de onco, recién duchado después de una siesta que no había compensado la noche pasada en vela junto a la cuna. Cris tenía a Pablo en brazos, medio adormilado. Voy a traer la cámara, me dijo, con una convicción que no admitía réplica. Cuando sea mayor, querrá saber qué pasó, y se lo contaremos con fotos. Querrá ver estos momentos, insistió. ¿Qué argumento podía oponer? ¿Qué frase podría hacerla desistir? Busqué algo razonable que enunciar y no sólo no lo encontré, sino que me di cuenta de que yo también quería fotos de los días de lucha y rabia.

Ese niño calvo, pálido y cansado, que empezaba a no parecerse al otro niño que miraba asustado el mar que rompía contra la costa de Sanremo, también era mi hijo, y negarme a hacerle fotos era negarle. Había poca diferencia entre eso y encerrarlo en un desván, avergonzados, rechazándolo ante el mundo.

Así que Cris trajo la cámara y, desde ese momento, colapsamos el disco duro con fotos del hospital. Miles de imágenes con bombas de quimio al fondo, con vías intravenosas conectadas al pecho, con pijamas hospitalarios que le venían muy grandes y lucían desteñido el logotipo del Servicio Aragonés de Salud, con sábanas verdes y blancas, con ojeras y con la tez amarilla. De nuevo, Pablo, el bucle sin fin de Pablo en la pantalla del ordenador. Pablo, Cocoliso, el Cuque. El Cuque genial, el Cuque cojonudo, el Cuque que a todo el mundo enseña el culo. Mi hijo. Para siempre, preservado en formato JPG, almacenado en varios dispositivos informáticos. Inmortal en su código de unos y ceros. Imborrable. Infinito.

Pablo empieza a sufrir la *bajada* de la quimioterapia. Sus análisis de sangre constatan el desplome. Por sus venas sólo fluye plasma. Necesita transfusiones con frecuencia y se encuentra completamente indefenso. Llevamos mascarilla y restringimos las visitas, nadie viene a verlo. Insisten en que, cuando le suba la fiebre, pasaremos *a verde*. Nos pondrán *de verde*, es la expresión textual.

Sin embargo, Pablo rompe los pronósticos de los médicos. Deberíamos estar ya de verde, no es normal que un niño tan expuesto no contraiga una infección. Pero su temperatura corporal sigue siendo aceptable, no hay nada que requiera una mayor atención. De hecho, fantaseamos con la idea de que nos manden unos días a casa. A lo mejor nos libramos del verde, le digo al enfermero. Seríais los únicos, me responde, escéptico. En previsión del inminente cambio de color, nos trasladan a otra habitación mejor equipada. A los pocos días, la temperatura de Pablo empieza a subir. El protocolo del hospital dicta que el verde se instala en cuanto el termómetro pasa de treinta y ocho grados. Los límites de la fiebre son más laxos en una planta donde cada enfermo siempre tiene unas pocas décimas que, cuando no son achacables a la enfermedad, lo son a alguno de los cientos de fármacos con los que se encharca su cuerpo. Pero la frontera de los treinta y ocho es inapelable. Recuerda a las leyendas de los mapas medievales, que, para rellenar el hueco del mundo inexplorado y disuadir a los aventureros de adentrarse en sus aguas, advertían a los navegantes: «A partir de aquí, monstruos».

El termómetro pasa de treinta y ocho grados una tarde, y el verde cae sobre nosotros. Nos aterra el verde, no lo queremos, pero ha llegado al fin y debemos afrontarlo sin inclinar la cerviz. Hemos leído de niños que mueren en los verdes, de niños trasladados a la UCI en medio de un verde, de verdes interminables que duran meses y meses, de dolores inconsolables y de palabras que parecen sacadas de un cuento de Lovecraft. Sepsis, necrosis, aspergillus.

Muerte.

El verde significa que en esta planta funciona el odioso refranero y el remedio puede ser peor que la enfermedad.

Se trata de un régimen de aislamiento, y se le llama verde porque ése es el color de la ropa estéril que se usa en la habitación. Se imponen unas normas estrictas para evitar que entren bacterias y agentes infecciosos. Se limita la entrada del personal sanitario, que debe desinfectarse las manos, ponerse guantes, mascarilla, calzas quirúrgicas y una bata estéril antes de llegar a Pablo. Nosotros debemos dejar nuestra ropa de calle fuera y vestir pijama del hospital con mascarilla, lavarnos las manos constantemente y desinfectarlas con una solución química de uso quirúrgico muy abrasiva. Las visitas no están restringidas, sino directamente prohibidas, así como los besos y casi todos los juguetes. Pablo no puede salir de la habitación ni tocar, chupar o divertirse con ningún objeto que no haya sido debidamente desinfectado.

El verde impone una disciplina correosa, mucho peor que la que hemos vivido hasta ahora, y aguantamos porque sabemos que hemos entrado en la parte del mapa dominada por los monstruos. Seres que nadie ha visto pero que devoran barcos y marineros bravos. Aumentamos el rigor de la disciplina y cruzamos los dedos por que nuestro hijo no sufra una infección incurable. Por que el remedio no lo mate como ha matado a otros antes que a él. Pero en ese momento no lo pensamos. Hay demasiado trabajo, son demasiadas las cosas que exigen una atención completa como para consentir que el miedo se apodere de nosotros. Desinfectamos unos pocos juguetes y nos resignamos a no poder besarle y a vivir encerrados en una habitación. Los prisioneros sufren, pero están vivos y, mientras no los maten, incluso cuando están esperando en el corredor de la muerte, conservan la esperanza de volver a pisar la calle y de recuperar parte de la que fue su vida en libertad. Con esa convicción nos vestimos de verde. Nuestro primer verde. Aún no sabemos que viviremos cinco más y que esos cinco apenas serán nada comparados con el último aislamiento. Qué ilusos somos, qué poquito sabemos de todo, aun sabiendo demasiado.

La primera punción medular desde el diagnóstico se programa un miércoles, día de punciones en el hospital. Un pinchazo en el hueso de la cadera del que se obtienen dos resultados, uno en el propio hospital y otro en el Centro de Investigación del Cáncer de Salamanca. El primero determina simplemente si hay células cancerígenas y en qué cantidad. El segundo da información más precisa sobre sus características genéticas y su evolución. El protocolo para las leucemias mieloides establece que, para estar en el buen camino hacia la curación, en la primera punción no puede haber más de un cinco por ciento de blastos malignos. En el resto de leucemias se exige un cero, pero la mieloide es tan agresiva que se tolera cierto margen, ya que responde peor a los tratamientos y muchas veces no se consigue rebajar más allá del cincuenta por ciento. La respuesta clínica ha sido muy buena. Pablo está contento, juguetón y prácticamente recuperado del primer asalto de la quimioterapia, sin apenas efectos secundarios. Esto da esperanzas a las doctoras, que sonríen y relajan un punto la tensión dramática. Incluso rompen un poco las distancias profesionales y se permiten bromas. Todo el personal confía en que el resultado de la punción será bueno. Por eso, cuando Ascen y Carlota entran en la habitación y evitan cruzar sus miradas con las nuestras, sabemos que algo no ha ido bien. Tenemos los resultados de la médula de Pablo, dicen en voz baja y muy serias. Lo siento mucho, pero sigue teniendo un quince por ciento de blastos. Un quince. ¡Un quince! No suena del todo mal. De un noventa y ocho a un quince. Aunque las doctoras no parecen triunfales. En cualquier otro juego, este resultado sería un éxito, pero las reglas de esta competición son distintas y, por lo visto, aún no las hemos aprendido bien.

Es una respuesta lenta, nos explica Carlota. Ha habido una reacción positiva al tratamiento, pero no la suficiente, lo que eleva el riesgo de la situación. Si antes estábamos en un riesgo intermedio, ahora es alto, y las posibilidades de curación se reducen, ahora están por debajo del cincuenta por ciento. Además, esto nos pone en una situación mucho más difícil, porque hace imprescindible que Pablo reciba un trasplante de médula alógeno, de un donante. Lo siento mucho. Aun así, no perdáis la esperanza, por favor, todavía nos queda margen de maniobra. El panorama es oscuro, pero hemos curado leucemias más complicadas.

La noticia llega el día en el que nos firman la primera alta. Tenemos las bolsas preparadas y la ropa de calle a punto para vestir a Pablo. Si nos hubieran anunciado la noticia que esperábamos habríamos convertido la vuelta a casa en una fiesta. No lo es, y el regreso va a ser temporal. Nos envían el fin de semana, pero el lunes va a seguir la quimioterapia. Un ciclo muy parecido al primero: Vamos a utilizar una intensidad similar —dice Ascen—, y si con esas dosis hemos conseguido bajar del noventa y ocho al quince, ahora tenemos que lograr una remisión completa y barrer esos restos de cáncer que quedan en su médula. Si no, la situación se va a poner muy difícil (otra vez *difícil* y *situación* en la misma frase, como el estribillo de una canción pegajosa e irritante).

Las advertencias caen en blando. Las escucho muy lejanas, como si se las dijeran a otro y yo fuera un espía apostado en la habitación de al lado. Me ausento un par de horas mientras hago unas compras, preparativos para la vuelta a casa, y dejo a Cris y a Pablo solos en la habitación. Cuando vuelvo, Cris está sentada mirando a Pablo dormido, y llora. Llora sin consuelo, asediada por todos los monstruos que se han hecho fuertes en el cuarto cuando me he ido. Yo no lloro, prefiero razonar y aferrarme a los cuadros estadísticos y a las calculadas palabras de los médicos. Hilvano con convicción un discurso que me cuesta mucho creer, por más que se sustente en datos reales. Todos los números se rompen contra el cráneo reluciente de mi hijo. Todas las razones se ahogan en la cicatriz de su pecho, formando un remolino en el bulto de su reservorio.

2. La noche de Saskatoon

Cuando se cumplió el primer aniversario de los atentados del 11 de marzo de 2004, que mataron a casi doscientas personas en Madrid, me encargaron varios trabajos especiales en el periódico. Básicamente, se trataba de localizar a las familias de las víctimas aragonesas —oficialmente, tres— y narrar sus historias en un suplemento especial. En todo ese tiempo, no habían salido en el diario, sólo se habían dado los nombres de los fallecidos, algunas fotos de los funerales y un par de datos biográficos incluidos en la nota policial. Yo iba a ser el primero en interrumpir su duelo.

Dos de las tres familias declinaron salir en mi reportaje. Uno era el hijo de un militar, y el otro, una señora de Ateca que vivía en Alcalá de Henares. Los terceros, sin embargo, aceptaron a regañadientes, y yo fui el primer sorprendido. Eran los padres de un chaval de diecinueve años, estudiante del Instituto Nacional de Educación Física. Un deportista bonachón y entusiasta de su pueblo, Alfambra, en la provincia de Teruel, donde la familia había abierto una casa rural. El joven iba a clase y se montó en uno de los trenes que volaron por los aires.

El matrimonio vivía en un chalet de Coslada, y hasta allí fui, en tren de cercanías, haciendo el trayecto inverso al que hizo su hijo el 11 de marzo de 2004. Entré en la casa, saludé con dos besos a la madre y estreché la mano lánguida del padre. Al instante percibí una hostilidad desganada que asumí como merecida. Toda la casa estaba impregnada del recuerdo del hijo muerto. Un gran retrato, el mismo que días después ilustraría mi artículo en el suplemento especial del periódico, presidía el salón. Trofeos deportivos, libros, fotos. La ausencia del hijo lo llenaba todo. La casa era el horizonte de sucesos de un agujero negro, antimateria. El vacío absorbía la realidad.

¿Y qué quieres saber?

¿Qué quería saber?, me pregunté yo mismo ante la mirada abúlica de esa pareja delgada y triste. ¿Qué quería saber? Sentado en aquel salón de unas víctimas del terrorismo, ahogado por la muerte que se respiraba en el aire. Si tuviera un poco de dignidad, me dije, me levantaría, pediría perdón y me largaría. Pero la sumisión laboral puede inventar muchas excusas. La mía era que estaba allí para contar la historia con el cariño y la sutileza que merecían, para que no fueran violados por otros periodistas menos escrupulosos. Yo, al menos, usaría lubricante y les susurraría palabras de amor al oído.

No sé cómo logré que la conversación se escurriera por un cauce suave y pulido, pero al poco rato charlábamos con naturalidad. Procuré mantenerme impasible y cercano al mismo tiempo, aunque la entrevista me impactó mucho. Esa pareja racionalizaba de tal modo su duelo, había pensado tanto en su hijo y en la muerte y había asumido tan firmemente que su pérdida implicaba su propia defunción, que me asfixié. ¿Por qué hablaban? ¿Por qué me estaban contando todo eso? ¿Por qué querían que lo supieran los lectores de un periódico? Se lo pregunté. Porque otros no pueden, respondieron, porque nosotros somos más fuertes y somos capaces de hablar, y este dolor se tiene que saber.

Muy avanzada la tarde, ahondaron en la vivencia del dolor, y dijeron algo que anoté y subrayé para utilizarlo en el artículo: Estamos en el laberinto del dolor, y eso quiere decir que estamos solos. El dolor asusta a los demás, damos miedo. La gente se aleja, no te entiende, esperan que lo superes, que vuelvas a ser el de antes. Pero no puedes, y tampoco sabes explicarlo. No saben qué decirte, no saben qué hacer para que te sientas mejor, y acaban alejándose de ti. Terminamos solos en nuestro laberinto.

El marido se ofreció a acercarme en su coche hasta la estación de tren, y cuando llegamos, antes de bajarme del vehículo, me dijo: Aquí fue donde le vi por última vez. Le traje a la estación, le di un beso y quedé con él por la tarde. Le pedí que tuviera cuidado, se rio y se marchó corriendo para no perder el tren. Y ya está, no volví a verlo.

Paseé arriba y abajo por el andén, noqueado y asqueado de mí mismo. Por mucho que me propusiera escribir un buen artículo sobre aquella gente, no me quitaba de encima la sensación de estar ensuciándolos con mi propia basura. Pero volví a la redacción, lo escribí y lo publiqué. Alguien me felicitó (o puede que no, ya no lo recuerdo), y cuando pasaron los días y no recibí ninguna llamada de protesta, me consolé. Al menos, me dije, no les ha disgustado.

Llegó otro aniversario del 11-M, empezaron los juicios y algún jefe del periódico propuso en una reunión volver sobre el asunto. ¿No escribió Sergio un reportaje? Pues que saque otra historia, a ver cómo están las cosas. Mi jefa vino de aquella reunión muy agitada y me llamó a capítulo. Tenía cara de haber sufrido alguna bronca y me había escogido como sumidero para que la cadena de mierda siguiera resbalando por los canalones. Me contó el plan. No puse cara de entusiasmo. Y no sólo eso, sino que me atreví a objetar. ¿A qué viene remover otra vez la misma historia?, pregunté. Escribir aquel reportaje fue muy duro y no creo que sea necesario volver sobre ello, insistí. También fue muy duro para la familia.

Habría que sacar a las tres víctimas, anunció, como si no me hubiera oído.

Si quieres, las llamo, pero la otra vez sólo quiso hablar una. No sólo no creo que hayan cambiado las tornas, sino que, probablemente, la familia que habló para nosotros no estará dispuesta a hacerlo otra vez.

Me miró con cierto asco, y remató: Pues procura que quieran salir.

Se levantó y se fue.

Cualquier periodista está acostumbrado a las presiones y ha de tener cintura flexible y mandíbulas de amplia abertura si quiere sobrevivir. Ya sabía —por demasiada experiencia— que aquel oficio no estaba concebido para gente melindrosa y tampoco era la primera vez que recibía amenazas, veladas o explícitas, de dentro o de fuera de la empresa. Y aquélla ni siquiera fue de las peores ni de las menos éticas ni de las más groseras. Pero sí que la sentí como la más brutal. He sufrido situaciones muy comprometidas, mucho más complejas y humillantes que aquélla, pero en ninguna me he sentido tan dolido. Yo he estado allí, en esa casa, con esa gente, me decía a mí mismo. He visto el retrato de su hijo en el salón, no impreso en el periódico, como vosotros. Y he escuchado sus palabras de su propia voz, no edulcoradas y tamizadas por mi prosa, como vosotros. Yo les he mirado a los ojos, les he visto llorar, me han llevado al sitio donde besaron a su hijo por última vez. Para mí no es un reportaje de domingo a doble página con titular a cinco columnas.

¿Qué decía Kapuściński? ¿Que los cínicos no sirven para este oficio? Yo creo que sí, que quien no vale soy yo.

Pero les llamé, pidiéndoles perdón por molestarles, decidido a no insistir ante su negativa, y, sorprendentemente, me dijeron que sí. Los mismos padres, claro. Las otras víctimas volvieron a negarse, como yo esperaba.

Regresé a Coslada, a ese insípido municipio suburbial, y aquella vez paseé y tomé café con el padre. Muy amigablemente. Seguía cansado, había dejado de trabajar y se le notaba débil, aunque lo encontré mejor. Con una resignación más jovial. No esperaba nada de la vida, pero tampoco le molestaba vivir. Al final, sentados en un banco, se inclinó hacia mí y me dijo, rebajando la voz a un tono confidencial: ¿Quieres saber por qué te dijimos que sí a la entrevista? No sé si quería saberlo, pero respondí que sí. Porque nos encantó lo que escribiste, dijo. Fue tan delicado y limpio, nos sentimos tan bien reflejados y estuvo tan presente nuestro hijo, que no podíamos negarte nada. Han llamado de las teles y de *El País*, y a todos les hemos dicho que no, estamos muy cansados. Pero a ti no podíamos rechazarte.

Me marché en paz. Mis jefes no sentirán nunca la angustia de mirar a los ojos de un padre cuyo hijo ha muerto en un atentado, y de hacerlo en la intimidad de su casa, no en un foro público o en una mesa redonda o en una rueda de prensa. De eso se libran. Pero tampoco gozarán de la paz que otorgan palabras como las que escuché aquel día. Ningún premio me sabrá tan dulce como saber que, a pesar de todo, hice un trabajo correcto, que no sólo no dañó a nadie, sino que funcionó como bálsamo.

Según los últimos datos, en Saskatoon viven 224.300 personas, la inmensa mayoría de ellas —casi el ochenta y cinco por ciento— blancas de origen alemán, escandinavo y ucraniano. Con esa población, es la ciudad más grande de la provincia de Saskatchewan, cuya extensión supera a la de España en más de un cuarto de superficie, pero donde sólo vive un millón escaso de canadienses. A trescientos kilómetros al norte de la frontera con Estados Unidos y a más de quinientos kilómetros de Edmonton, la única ciudad importante y digna de ser considerada tal, Saskatoon puede llamarse con propiedad el culo del mundo. O uno de los muchos culos que el mundo ha dispuesto en su globo. Sin embargo, los canadienses la llaman *The Hub City* (el nodo, la ciudad de las conexiones), porque a través de su aeropuerto y de su estación de tren se conectan buena parte de las redes de transporte del este y del oeste de Canadá. Saskatoon es un culo muy bien comunicado, que permite una evacuación rápida y cómoda hacia un montón de destinos en Norteamérica. Cualquiera diría que los *saskatoonians* quieren garantizarse una salida de emergencia para cuando se harten de la ciudad y de la planicie que la rodea.

En verano hace muchísimo calor, con temperaturas medias de cuarenta grados, y en invierno, muchísimo frío, con vientos polares que hacen que los termómetros marquen cuarenta bajo cero. Tampoco parece que haya mucho que hacer en el lugar. La ciudad fue fundada por abstemios a finales del siglo XIX, en uno de esos arrebatos peregrinos de búsqueda o de construcción de la Nueva Jerusalén a los que tan aficionadas son algunas sectas protestantes, pero todo apunta a que no se ha conservado nada de aquel espíritu puritano. Hoy, la gente de Saskatoon, simplemente, se aburre en su propia prosperidad blanca. Aprovechando la tradición campesina y ganadera del lugar, tienen una pequeña universidad que es líder en investigación agraria, pero no parece que esto despierte muchas pasiones. Tienen equipo de hockey, de fútbol y de béisbol, pero ninguno destaca por su vitrina de trofeos. También tienen sus cafés, sus garitos de conciertos y sus teatros, con su preceptiva escena cultural, pero de la lista de artistas, escritores y músicos oriundos del lugar ninguno parece haber descollado más allá de los límites provinciales. Toda la información de que dispongo de Saskatoon invita a pensar que la vida allí es cómoda, culta, sensata, recoleta y agradable, gracias al funcionamiento a plena potencia de los sistemas de calefacción. El frío no dejará mucho sitio para la extravagancia o la tragicomedia, pero tampoco para el drama. Apenas pasarán cosas dignas de un titular. Vivir en ese culo del mundo será un coñazo, y la única virtud de la que pueden envanecerse sus habitantes con respecto a otros culos del mundo es que su coñazo, al menos, es plácido, próspero e higiénico.

António Lobo Antunes escribió una novela titulada *En el culo del mundo*. Su culo se llamaba Angola. Angola durante la guerra de independencia. Lobo Antunes fue uno de esos portugueses a quienes tocó ejercer de notarios del desplome del viejo imperio, y lo hizo en un libro inspirado en sus años de soldado. Es una novela llena de moscas, de negros crueles, de sargentos sádicos y de mujeres violadas. Es, también, una novela llena de soledades. Su título es tajante y sugiere que el culo del mundo está siempre lleno de mierda, pero yo no creo que eso sea irremediablemente así. El mundo tiene muchos culos y algunos están muy limpios. No todos repelen a quien los conoce. No todos los culos son sinónimo de cloacas. Hay culos erógenos. Hay culos muy atractivos. Culos que acogen y no expulsan nada. Culos perfumados o asépticos, que sólo huelen a gel neutro de ducha. Culos a los que uno quisiera pertenecer para siempre.

Saskatoon es uno de esos culos del mundo.

No he estado nunca en Saskatoon y todo lo que sé sobre ella lo he leído en internet. Ni siquiera sabía de su existencia hasta hace unos meses, cuando me compré un disco
de Carolyn Mark & NQ Arbuckle titulado *Let's Just Stay
Here*. Son, evidentemente, dos músicos canadienses que
hacen folk o eso que ahora se llama *americana* y que a mí
tanto me gusta porque suena rústico, cálido y sincero. Carolyn es más melódica y NQ Arbuckle, más guitarrero. Me
transmiten muy buenas vibraciones y, a lo largo del verano, en las semanas anteriores a la caída, escuché el disco
constantemente. En el viaje en coche que hicimos por
Italia —en cuyos últimos días Pablo mostró los primeros
síntomas de la enfermedad, aunque aún no los distin-
guíamos de los de un catarro común o de una indiges-
tión— sonó un millón de veces por la radio, mientras por
las ventanillas pasaban campos de lavanda de la Provenza y
colinas renacentistas de la Toscana, dos paisajes impropios
de aquella banda sonora.

Había una canción que no me interesaba mucho. Al
lado de la explosión lírica de «Officer Down», de la com-
pleja textura rabiosa de «When I Come Back» o de la fuerza festiva de «Downtime» o «Too Sober To Sleep», ese
tema me sonaba anodino y gris. No me llegaba su supues-
ta emoción gauchesca del norte, y sus versos crepusculares
no me transmitían ningún sentimiento. Pero, tras el diagnóstico, en nuestra nueva vida de bombas de quimioterapia, batas verdes y mascarillas quirúrgicas, ha devenido un
refugio inesperado que apareció sin buscarlo. En los cuatro
minutos y veintisiete segundos que dura siento algo pareci-

do a la paz. Cuando termina, si estoy solo, puedo llorar con suavidad, casi con gratitud, sin la desesperación ni la rabia que inspiran mis lágrimas en otros momentos. La canción se titula «Saskatoon Tonight».

La producción del disco es muy artesana, casi *lo-fi* (*low fidelity*, en contraste con *hi-fi* o *high fidelity*: es una técnica de grabación que desprecia la alta tecnología y que busca recuperar la textura, la ingenuidad y la granulosidad de los primeros discos de la historia. A los músicos adeptos a ese seudomovimiento les asquea la limpieza y la ingeniería de la producción discográfica y persiguen un sonido sin filtrar, directo, aunque eso redunde muchas veces en imperfecciones y disonancias. Los más radicales ni siquiera se preocupan por eliminar una tos o la respiración del cantante o el ruido de un objeto que se cae). Las canciones están grabadas en directo y apenas llevan arreglos posteriores ni se aprecian retoques de producción. «Saskatoon Tonight» comienza con unas risas de fondo y un poco de lo que los productores llaman *studio chat* (cháchara de estudio). La banda ríe y bromea con los micrófonos abiertos justo antes de que empiece la sesión. Sobre esas risas, arrancan las notas de un teclado, muy suaves. Pasan un par de compases hasta que el grupo se acomoda y el resto de los instrumentos se integra en la canción. Primero, la percusión, muy lenta, perfectamente acompasada. Después, la sección rítmica, el bajo, con un punteo discreto y regular. Y, finalmente, la guitarra acústica y la voz de NQ Arbuckle, que irrumpe con brusquedad. No es un gran cantante, pero tiene una bonita voz rasgada que sabe usar con mucha personalidad. Su carisma y su textura suplen con solvencia sus limitaciones técnicas, y pienso que no me importaría ser un escritor parecido. Poco hábil en técnicas narrativas, pero con un estilo lo bastante poderoso como para hacer olvidar mis carencias.

NQ Arbuckle empieza en el primer verso hablando de un humo que se escapa de tus ojos, empañando una atmósfera que ya había calentado la cadencia sencilla y lenta del teclado, que suena como un piano clásico. En menos de una estrofa nos sitúa en un lugar confortable y rústico, un sitio donde podemos descansar y fumar a gusto. Y cuando ya estamos instalados y ha quedado clara nuestra condición de forasteros bienvenidos en algún rincón de Canadá que está muy lejos de nuestra casa, entra la muy melodiosa y trabajada voz de Carolyn Mark, que se empasta con naturalidad con la del cantante. Nos dicen que haber corrido delante de un toro nos convierte en vaqueros honoríficos (*because you got chased by some bull makes you an honorary cowboy*). El tono es relajado y bromista —este verso alude al pasado del bajista del grupo, que fue una especie de torero, según tengo entendido— y la canción se va perdiendo por una ciudad esteparia y granjera, ruda y sencilla, por la que conducen de noche. La ciudad de Saskatoon.

En realidad, la canción es una égloga, un elogio pastoril, la recreación de un útero ingenuo del que la vida nos ha expulsado y al que quisiéramos volver, aunque seamos dolorosamente conscientes de que sólo podremos hacerlo durante una noche o por unas pocas horas, mientras atravesamos el pueblo con nuestro coche. El momento cumbre de este *beatus ille* revisado en clave rockera sucede cuando NQ Arbuckle, con su voz rota en solitario, desprovista de los adornos florales de Carolyn, habla de quedarse despierto hasta muy tarde charlando con los amigos, con guitarras y chicas rockabillies que beben cerveza en el porche trasero de una casa (*rockabilly girls drinking beers on a back porch*). Una escena sencilla y muy sosegada que el calor de la música convierte en epítome de una felicidad que no buscamos. Una noche en Saskatoon, una noche tranquila de charla, cervezas y humo, con la promesa implícita de echar un polvo con una chica divertida y poco sofisticada, es todo lo que necesitamos. Fuera ruge el mundo, ahí arriba se están matando y en las oficinas crujen las ambiciones, pero aquí, en Saskatoon, esta noche, sólo importan tus risas, la cerveza y que una mocita granjera, si tienes suerte, te arrastre hasta su casa (*if you are lucky, some Canadian farm girl will drag you back to her place*).

Y yo, que ni siquiera puedo ya besar a mi hijo para no contagiarle ninguna bacteria, asumo que Saskatoon es el lugar donde Pablo, Cris y yo deberíamos estar. Un sitio blanco y aburrido donde nada nos distraiga de nosotros mismos ni de la contemplación cándida y continua del crecimiento del hijo. Donde nos dejen consumirnos y donde todas las aventuras se hielen con la venida de los vientos polares. Pasar un invierno junto a un radiador enorme, bebiendo cerveza y viendo a Pablo jugar sobre un suelo de madera, y esperar en una butaca a que la nieve del porche trasero se funda, para que el próximo verano puedan venir las chicas rockabillies y las campesinas con sonrisas y motes cariñosos para mi hijo y muchas cervezas y canciones para mí y para Cris. Saskatoon como salida. Saskatoon como un lugar imposible. Saskatoon como unos versos cantados por una voz rasgada y melancólica. Saskatoon como noche sin pesadillas. Saskatoon como futuro para Pablo. Para todos nosotros, miserable familia de desgraciados.

La remisión completa llega con el frío. Un frío y un viento más propios de Saskatoon que de Zaragoza, que también tiene mucho frío y mucho viento, pero no así, no tan raros como los de este invierno. Nos dan el resultado por teléfono. Limpia. La médula está limpia, dicen, y yo me la imagino jabonosa y elástica, como un hilo de detergente en gel. Tiene un perfume floral y químico, y da un toque de brillo a la calva de Pablo, que tintinea como en los anuncios de lavavajillas. Limpia, pulida, espléndida y un punto salvaje. Cero por ciento, descontaminada, pura.

Como aquel cortesano cuya misión consistía en recordarle a Julio César que sólo era un hombre, nuestra conciencia, esa nube densa que llevamos pegada a la nuca desde el día del diagnóstico, atempera la alegría. Una remisión completa no es una curación, nos decimos. Pero es un paso previo e imprescindible para la curación, nos consolamos. Ya ni siquiera sabemos qué sentir.

Rebajamos con crueldad tajante la alegría de los abuelos y de los tíos, que por momentos parecen darlo todo por ganado, como si *remisión completa* fueran las palabras de un conjuro druídico o como si el milagro solicitado al santo competente se hubiera obrado al fin y ya nada ni nadie pudiera desviar a Pablo del camino hacia la salud. No queremos optimismos desbordados, por más que a ratos nosotros los sintamos. Nos tranquiliza más la cautela. Una batalla no gana una guerra, aunque puede ser decisiva. Sólo se vence cuando el ejército enemigo levanta la bandera blanca. La metáfora militar, siempre tan efectiva, siempre tan a mano para sentirnos héroes.

Gracias a los símiles castrenses, dejamos de ser unos desgraciados y nos convertimos en guerreros, en luchadores bajo el mando del más bravo de los generales: Pablo, mi pequeño y dulce Pablo, la última persona a quien podría imaginarse con canana cruzada, pistola en ristre y cara tiznada de camuflaje. Las metáforas, una vez más, nos salvan, aunque no nos engañan. Nos ayudan a adoptar una pose menos miserable, pero no nos resguardan del dolor ni nos acorazan contra la realidad que, impasible, avanza desnuda, sin tropos literarios.

Los médicos y hasta los profesionales que echan una mano en lo que pueden (psicólogos, trabajadores sociales...) abusan del símil bélico. Las oncólogas se refieren a la quimioterapia como *artillería*, y explican el tratamiento y sus efectos diciendo que consiste en *matar moscas a cañonazos*. Los psicólogos animan a seguir en pie *en la lucha*, y los otros padres hablan de *resistencia*. No podrán con nosotros, clamamos, como habitantes de una ciudad sitiada por un enemigo fantasma.

Es raro que la metáfora tenga tanto éxito y se exprese en tantas situaciones distintas cuando no hay un enemigo real, cuando el enemigo no es un invasor externo, sino algo que crece en mi hijo, que es mi propio hijo. Siddhartha Mukherjee, un oncólogo estadounidense que ha ganado el Pulitzer con un libro brillante y limpio titulado *El emperador de todos los males. Una biografía del cáncer*, asegura que, en cierta forma, el cáncer es una versión genéticamente mejorada de nosotros mismos. Si el objetivo de todo organismo vivo es sobrevivir y reproducirse, mediante la adaptación y la depredación, las células cancerígenas son el colmo de la evolución, unas células capaces de sobrevivir al cuerpo que las genera. Hay laboratorios que conservan vivas células cancerígenas de pacientes que murieron hace treinta años, y siguen reproduciéndose y replicándose e invadiendo placas de Petri a falta de carne que devorar. ¿Cómo se puede derrotar a algo que está preparado para ser invencible e inmortal? Aún más y peor: ¿cómo se puede derrotar a un presunto enemigo que no viene de ningún sitio, sino que es la propia persona? Un general sabe repeler un ataque externo. Organiza las defensas, intenta cortar las fuentes de suministro de su enemigo, lo empuja para que salga de su territorio, lo acorrala, lo bombardea, lo aniquila. Pero esto se parece más a un ataque contra uno mismo. Toda tu fuerza destructora empleada contra tus propios soldados con la esperanza de que, al morir todos o casi todos, muera también esa quinta columna que lacera la retaguardia. De las ruinas humeantes que queden se espera reconstruir un país roto, pero limpio de amenazas. Es una actitud demencial. A nadie se le ocurriría plantear una batalla en esos términos. Y, sin embargo, es lo que hace la quimioterapia. Porque se sabe que, a veces, funciona, y que es preferible tener un país arruinado y lastimado que no tener país ninguno al que regresar. Todos preferimos un hijo enfermo a un hijo muerto. Por lo menos, yo lo prefiero.

Al final, incluso yo desarrollo mi propia versión de la metáfora guerrera. Nadie se libra de ella. Nos vence la autocompasión. Preferimos vernos como *rambos* que como miserables enfermos (sí, es mi hijo el enfermo y no yo, pero aunque a mí no me duelan sus huesos, sí que me duele el alma que él ignora y cuyos latigazos no siente). Cualquier cosa con tal de negar la imagen que nos devuelve el espejo. Ese espectro despeinado y con ojeras no soy yo. Yo soy un atleta, yo soy un héroe, yo soy un luchador. Si caigo, será con la espada en la mano, no con un bote de antidepresivos y una caja de somníferos. Vamos, un poco más, que tú puedes, machote. Como si la victoria dependiera del valor o de la fuerza testicular. Como si la actitud fuera a cambiar en algo los resultados de los análisis.

Quizá influido por ese símil castrense que impregna cada palabra que decimos, enseño a Pablo una nueva gracia inspirada en la metáfora. Soy el encargado de las cosas graciosas en la familia. Cris aporta cariño y disciplina, y yo

instruyo al cachorro en los números cómicos. Le he enseñado a saludar como un soldado. Le digo: Pablo, ¡a sus órdenes!, y Pablo, con un grandilocuente reflejo pavloviano, se
lleva a la frente la mano derecha. No saluda con la forma-
lidad de un militar, se golpea su precioso cráneo pelado con
la palma, y sonríe expectante, reclamando el aplauso que
sabe merecer. Él siempre mejora los números, les añade un
leve toque tierno y personal. Nunca imita al detalle, prefiere aportar algo de sí mismo a la interpretación, como los
buenos actores.

Pablo, ¡a sus órdenes!

Y otra vez suena «plas» cuando deja caer la mano sobre
la frente. Y otra vez se ríe, mi niño calvo, y por un momento
nos creemos inmunes a ese ejército que nunca hemos visto,
como si nos hubiera dado una tregua o gozáramos de un
permiso. Hay días en que no necesitamos el disfraz de soldado porque, simplemente, somos felices y nada nos hace
sentir miserables. Son los días en que nos reconocemos sin
vergüenza ni miedo en el espejo.

De entre todos los niños del hospital, Pablo es uno de los que lo tienen más difícil. Su leucemia es la más rara y agresiva, y su quimioterapia, la más salvaje. No encontramos un caso equivalente en el resto de familias. Aún no he visto a ningún niño morirse, y empiezo a preocuparme. Pienso en esa máxima de los jugadores de póquer: todas las partidas tienen un pardillo, y si te sientas en una mesa y no descubres quién es el pardillo de la timba, es que eres tú. Con la mezquindad que Primo Levi atribuye a los supervivientes, sospecho que la muerte nos va a tocar a nosotros. Una cuestión de matemáticas. Tres de cada diez niños con cáncer no viven más de cinco años después del diagnóstico. Mi pensamiento mágico me dice que Pablo sólo puede librarse si mueren otros tres niños, si otros se ofrecen en sacrificio por él. Y, de momento, no hay ninguno.

Irina es una madre muy joven. Es rumana y siempre está riñendo a su hijo Nicolau, de cuatro años. Riñen tanto que a veces parecen dos hermanos, y es verdad que ella tiene más de hermana mayor que de madre. Siempre está sola con su hijo, nunca vemos al padre ni a ningún otro familiar. A pesar de su juventud y de su soledad, es dura como un bronce macizo del palacio de Ceauşescu. Nunca llora, nunca está compungida, nunca expresa sus sentimientos. Es práctica hasta extremos de burócrata y sólo intercambia datos y exige cosas concretas. Nicolau tiene que someterse a un trasplante de médula, pero, al ser rumano, no encuentra donantes genéticamente compatibles en la base de datos internacional. Hay pocos rumanos que se inscriban como donantes de médula altruistas. Pero lo que enfada, y mucho, a Irina es que no se resuelva el problema, y azuza a las doctoras para que le den una solución pronta, porque así no puede seguir, ella tiene que regresar a su trabajo y a su vida. Es inútil que intenten explicarle que no encontrar un donante apropiado para Nicolau no es culpa de nadie, que no existen responsables, que nadie está haciendo mal su trabajo y que el peligro al que se enfrenta su hijo no es fruto de indolencia profesional ninguna. El trasplante no se va a resolver poniendo reclamaciones o exigiendo responsabilidades al director del hospital. Irina, sin embargo, insiste. Alguien tiene que darle una solución, lleva demasiado tiempo en la planta, esto no puede seguir así.

Una tarde, Pablo y Nicolau coinciden en el hospital de día cuando el resto de los niños se ha ido. A ambos les tienen que trasfundir sangre fuera del horario de consulta. Cris se queda al cargo de Pablo y, en la abulia vespertina del hospital, charla con Irina. Cuando voy a recogerla, Cris parece aturdida. Qué dura es, me comenta, con la voz un poco negra. Dice que ha asumido que su hijo puede morir en cualquier momento, y lo dice muy tranquila, sin ninguna emoción. Yo no quiero endurecerme tanto.

No es habitual que los padres se endurezcan así. Es mucho más frecuente que se ablanden hasta el punto de no saber mantenerse en pie. El padre de Carlos, un chaval gordito cuyo tratamiento —una quimioterapia combinada con otros fármacos específicos menos agresivos— le altera las hormonas y le provoca ataques incontenibles de hambre, me busca en los pasillos para desaguar un par de confidencias. No es el único padre que prefiere contarme a mí lo que no le relata a su mujer, quizá para no preocuparla, para aparentar ante ella una fortaleza que no tiene. Hartos de simular una entereza que están lejos de poseer, confían en mi sonrisa y en mi calma de gigante barbado para mostrarse todo lo desesperados y agónicos que en verdad se sienten. Voy mejor, me dice, llevándose compulsivamente los dedos a los labios, como si fumara un cigarrillo invisible, ya no tomo una pastilla entera, he bajado a media.

Habla de somníferos, intuyo, aunque no me atrevo a preguntar y finjo saber de qué está hablando. Lexatin, Tranxilium, Ativan. Son marcas comerciales que se incorporan al vocabulario de las familias, de la misma forma que nos aprendemos los nombres de los citostáticos y de los medicamentos que se usan para contrarrestar sus efectos, como el Zofran, el talismán de la planta de onco, el compuesto químico más querido por niños y padres, pues es el único remedio verdaderamente eficaz contra las náuseas y los vómitos.

No le digo al padre de Carlos que yo no me meto nada. Entre tanto padre con afición yonqui —legítima y necesaria afición yonqui: no tengo nada en contra de las drogas—, mi confesión estaría fuera de lugar. Parecería que presumo de superioridad moral o que, simplemente, miento. Pero con él me siento injustificadamente fuerte. Su hijo está fuera de peligro, responde espléndidamente bien al tratamiento y su leucemia es de riesgo bajo, con muy buen pronóstico. Ni siquiera tiene que preocuparse mucho por los efectos de la quimio, considerablemente menos tóxica que la que recibe mi hijo. Si él toma media pastilla, ¿cuántas píldoras debería tragarme yo para igualarle, para que mi respuesta sea proporcional al miedo que tengo y al riesgo que sufre Pablo? Tras la palabra *cáncer* hay un montón de escalas y situaciones, y no se puede reaccionar con la misma desesperación ante todos los casos. Si te van a curar, si tienes muchas posibilidades de salir adelante, lo justo es que tu angustia no supere a la de los que tienen las esperanzas en fase casi terminal.

Y, sin embargo, no tomo pastillas. No me enorgullezco, ni siquiera mientras escribo esto. Sólo es un hecho que constato. Pero, en ese momento, sé que no las necesito porque estoy hechizado por el efecto mágico que las palabras *remisión completa* tienen en mí. Ése es mi narcótico, mi placebo antidepresivo.

Por eso llego relajado y casi ingrávido al hospital después de la siesta. Han ingresado a Pablo después de unas décimas de fiebre, pero ya se ha recuperado y pronto nos mandarán a casa. Mientras tanto, llevamos la rutina hospitalaria de turnos y siestas obligatorias, aunque sin angustias ni penas. Acaban de hacerle la punción de médula correspondiente a este ciclo, y todo el personal está relajado, no parece haber miedo en la planta ni en la habitación. Pero esa tarde, al abrir la puerta enarbolando alguna chuchería para Pablo y algún regalito para su madre, como un Papá Noel despistado con el calendario, siento el peso de la intuición. No necesito palabras para saber que algo ha pasado.

Siéntate, Sergio, que te tengo que contar algo.

No me quiero sentar. ¿Qué mierda es esa de sentarse? ¿Volvemos al melodrama barato, al guion de serie B, a la escena lacrimógena? No quiero volver a eso, ya lo habíamos superado. No, no, no, me quedaré de pie. De pie es como quiero estar. Habla, Cris, di lo que quieras.

No te he querido despertar, pero al poco rato de irte a casa han venido las doctoras con el resultado de la médula de Pablo. Cariño, el cáncer ha vuelto.

Me siento, cómo no voy a sentarme. He de ceñirme al guion, no puedo ponerme a llorar de pie. Tengo que desplegar todo el repertorio dramático de gestos de desesperación. Taparme el rostro con las manos, golpear algo y rehuir la mirada de Cris, fijándola en la ventana, pues así es como se pinta a quien ha perdido la esperanza, añorando un horizonte al que no se va a viajar nunca, que ya no promete ninguna aventura.

Ascen está de guardia, sigue diciendo. Si quieres, ha dicho que la llamemos y viene a hablar contigo, a responder todas las preguntas que quieras hacerle. Llora, llora ahora, que yo ya he llorado bastante esta tarde. Llora, Sergio, llora.

Y lloro, pero me reprimo. Con esfuerzo, me sorbo los mocos y me seco las lágrimas. Quiero saber. Quiero saberlo todo, hasta la última palabra, hasta el último tecnicismo.

Les ha sorprendido mucho porque no hay ningún síntoma. En realidad, es muy poquito, pero no debería haber ni un poquito después del ciclo. Debería estar a cero, y no lo está. Por lo visto, la leucemia de Pablo afecta a varios tipos de células con varias mutaciones genéticas diferentes, y uno de esos grupos se ha hecho resistente a la quimioterapia, no le hace nada.

¿Y qué pasa ahora?

Dice Ascen —antes conocida como la doctora Muñoz y ahora como la cariñosa y altísima Ascen— que estas leucemias se llaman refractarias, porque responden al principio pero luego vuelven, así que van a cambiar el tratamiento. Van a ponerle un ciclo más agresivo, con otra combinación de medicamentos y otras dosis, para atacar a esas células. También van a empezar a mover lo del trasplante. Por lo visto, ahora urge más.

Todo es más. Más agresivo, más urgente, más fuerte, más regresivo, más ineficaz. Más, más, más, más, más. ¿Cuándo será menos? Ayer era menos y hoy es más.

Por lo menos, estaremos en casa para su cumpleaños. Nos dan permiso.

Por lo menos. Hay un menos. El único menos al que me puedo agarrar.

Dicen que todos los fármacos son veneno si se administran en dosis altas, pero no en la posología terapéutica. El problema de la quimioterapia es que siempre es un veneno, incluso en dosis bajas. Los protocolos médicos buscan reducir al mínimo la toxicidad, pero ese mínimo sigue siendo demasiado para un cuerpo humano. No dejan de hablarnos de las secuelas: cardiopatías, afecciones al pulmón, enfermedades del hígado... Por no mencionar —¿para qué mencionarlo todo?, ¿para qué insistir en todos y cada uno de los puntos que se recogen en los consentimientos informados que estoy harto de firmar? Ahí, sí, ahí, donde pone padre, madre o tutor legal— que la propia quimio puede facilitar el desarrollo de otro cáncer años después.

Venenos potentes, que no se arrojan a la basura, sino que requieren un tratamiento específico, como los residuos nucleares. Venenos que no pueden ser manipulados por mujeres embarazadas porque se ha demostrado que afectan al desarrollo intrauterino y provocan malformaciones. Venenos que abrasan la piel si se derraman sobre ella. Venenos que administran con guantes y mascarilla, con miedo, con precaución de artificiero. Eso es lo que corre por la sangre aguada de mi hijo. Venenos que destruyen sus células y lo dejan al borde de la muerte. Una y otra vez, ciclo tras ciclo, bolsa tras bolsa, centilitro tras centilitro. Y todo para nada. Toda esa mierda, que puede fulminar al más robusto de los seres humanos en pocas horas, no es capaz de detener la puta leucemia.

Cuatro excelentes doctoras, todos los conocimientos y la experiencia de la medicina moderna y todos los medios y los fármacos disponibles. Y nada. Absolutamente nada. El cáncer avanza contra toda la civilización occidental, contra la todopoderosa razón, contra la ciencia misma.

Pablo, ¡a sus órdenes!

Plas. La mano en la frente. Risas. Besos y más besos. Abrazos. Pablo se duerme en mi regazo y yo me adormilo acariciando su cabeza hermosa y redonda. Se cree protegido, se siente seguro. Cachorro de puro instinto, amor primigenio, cariño sin desbastar. Y no sabe que mis brazos no pueden protegerle, que todos los brazos del mundo no bastan para defenderle de sí mismo, de su propio cuerpo precioso.

Hijo mío, ¿me perdonarás alguna vez? ¿Sabrás disculpar que no pueda salvarte? No sé ni siquiera si soy digno de reclamar tu perdón. No sé si merezco tus besos. Sólo puedo quererte de esta forma tan inútil y desquiciada. Sólo puedo acompañarte, aguantar tu mano en el dolor. Estás solo ante los monstruos, cariño mío. No sé ahuyentarlos, no sé evitar que te hagan daño. Incluso se me niega el último gesto heroico de sacrificarme por ti, de gritarte que salgas corriendo mientras soy devorado por los bichos. No estoy programado para esto. Mi instinto de padre se rebela, pero no tiene contra quién rebelarse. Es una insurrección suicida, un grito contra mí mismo.

Tampoco sé rezar. Sólo me queda el abrazo, tu cara contra mi pecho, tu sueño sereno de niño ignorante, confiado en el calor beatífico del cuerpo de tu padre.

Pablo, en su trona, centro del mundo. Como cualquier otro niño en su primer cumpleaños, no entiende por qué hay tanto tío y tanto abuelo a su alrededor, pero no se muestra tímido ni asfixiado. Le gusta el ambiente de juerga, después de tantas semanas de encierro y silencio hospitalario. Le encanta que la gente que lo rodea no lleve batas blancas y sólo tenga intención de besarle y de darle regalos. Sin pinchazos, sin goteros, sin pijamas de hospital. El calor de su casa y las risas de su familia. Algo así como la felicidad. Sonríe y se carcajea. Golpea la mesa, rompe el papel de los regalos, chilla de emoción. La tarta le intriga, hasta que su madre le enseña que puede meter el dedo en ella y chuparlo después. Le gusta. Está rica. La nata helada le provoca escalofríos. Su madre lo persigue por el pasillo con la cámara de vídeo y graba sus pasos atolondrados, apoyados en su regalo con ruedas. Libre y salvaje, sin cables que marquen fronteras. Toda la casa para él.

Hay momentos en que me siento casi normal. Un padre que disfruta del cumpleaños de su hijo. Orgulloso y babeante como cualquier otro padre. Me siento partícipe de un nuevo rito de paso en mi vida. Entre las risas y los aplausos encuentro sitio para microepifanías en las que el pasado se ordena con un firme sentido narrativo y el futuro se proyecta con horizontalidad próspera. Son esos instantes que en las películas se rellenan con música acompañando el primer plano del padre, sabio a su pesar, como el labriego que está a punto de recoger la cosecha y siente que el trabajo ha merecido la pena. Patriarca de una saga que crece, rey de una casa perpetua. Por un instante comprendo a los personajes de

John Ford. Ese John Wayne empeñado en cultivar rosas en su casa de Innisfree. Ese boxeador que doblaba vigas de acero en las siderurgias de Pittsburgh y entiende, tras perder muchos combates, la necesidad que tiene el hombre de arraigarse y de ser fiel a su clan y a su tierra. Me vuelvo conservador y sentimental. Hombre familiar de chimenea y sillón de orejas. Persona de orden, de cariño severo y bien administrado.

Pero la microepifanía apenas se sostiene un segundo en el aire caliente de la cocina. Una mirada leve cruzada con Cris basta para devolver el miedo y la certeza de que no hay sagas ni tierras que labrar ni cosechas que recoger. El campo está yermo, como la cabeza pelada de mi hijo, y el futuro se agota dos días más allá, ni siquiera alcanza la semana que viene. El pasado tampoco es esa historia fiel y ordenada que se puede encuadernar en cuero y cuyos capítulos empiezan con bellas capitulares. El pasado queda lejos, y los recuerdos se emborronan entre las noches y los días del hospital. Mi pasado pertenece a otra persona a la que cada vez me resulta más difícil poner cara. ¿Qué sentía, qué le gustaba hacer, con qué se reía aquel desconocido que tuvo un hijo llamado Pablo?

Sólo él, sólo Pablo disfruta del día como corresponde. Más aún, pues, a diferencia de otros niños de su edad, colmados de fiestas, juguetes y atenciones, él lleva meses sin recibir siquiera un beso de sus abuelos, sin sentir el balanceo de un columpio y sin escuchar las risas y gritos de otros niños en un parque. Ésta es su fiesta, y la goza en letras mayúsculas, con unas risas descontroladas, de felicidad casi pura, casi platónica. No sabe que vive un mero alto el fuego y que el lunes volverá al hospital. Y no queremos que lo sepa. No queremos que nada interrumpa ni atempere su alegría. Creo que lo conseguimos. Creo que hacemos lo que hubiera hecho un personaje de John Ford. Sonreír apoyados en un árbol irlandés, aguantando el plano fijo y dejando que la orquesta domine las emociones y hable por nosotros. Estoy orgulloso de nuestra interpretación. No somos tan malos actores.

Encerrados en la habitación, con el pijama hospitalario verde, la mascarilla quirúrgica verde y las manos rojas y desolladas de tanto frotarlas con gel desinfectante, la vida de los demás es un rumor amortiguado y pocas veces comprensible.

Algunas noches, tropiezo en el corredor con una nueva madre. Joven, muy joven, y todavía fresca. Mantiene la esperanza en un vestuario que aún no se ha dejado vencer por la desidia y en un peinado que conserva la felicidad de una visita reciente a la peluquería. Las pantuflas que calza son su única concesión a las circunstancias, y no revelan abandono, sino espíritu práctico. La comodidad ayuda a sobrevivir.

Pero el atributo más enérgico y rebelde que exhibe esta chica menudita, serena y delgada es su sonrisa. Una sonrisa absoluta, que se expresa con toda la cara. Con todo el cuerpo, incluso. Hasta sus dedos sonríen. Nos cruzamos por el pasillo y nos sonreímos, fugaces aunque sinceros. Nos saludamos con apenas un murmullo, pero nos sonreímos con todo el cuerpo. Es la primera madre que me devuelve la sonrisa, y acostumbrado como estoy a que mis —según algunos— exageradas curvaturas labiales se estampen contra párpados drogados de Tranxilium, muecas rígidas de desesperación y susurros asustados, lo agradezco como pocas cosas he agradecido en la vida. Me seduce la insolencia involuntaria de su sonrisa. Allí, en ese pasillo tan cargado de angustias y de ataques de nervios, dos padres se sonríen con una calma cordial que es casi un insulto. Estamos fuera de nuestro papel de sufridores, pero no fingimos. El dolor no nos ha desfigurado. Todavía.

Su marido es un tipo enorme, de ritmos pausados y cara bonachona. Coincidimos a veces en la máquina del café, casi a las mismas horas, ansiosos en nuestra adicción a la cafeína. Mi única droga. Él también sonríe, pero con menos efusión que su mujer. Su gran cuerpo no contiene la angustia con tanta eficacia como las menudas formas de ella.

Pasan unas semanas hasta que coincidimos en la sala de juegos, cuando los análisis de Pablo anuncian que puede visitar la habitación siempre que no esté llena y tengamos un poco de cuidado. Ellos llegan con Miguel, que camina conectado a una bolsa de quimioterapia. Miguel tiene dos años, unos meses más que Pablo, y es de su mismo tamaño, más o menos, pero es la primera vez que le veo moverse por el suelo y jugar. Hasta ese día, siempre estaba en brazos, medio dormido, con cara de dolor, fuertemente aferrado a la camisa de su enorme y bienhechor padre. Ingresó el día de su cumpleaños, cuando recibió el peor regalo que podían darle: un diagnóstico firmado por un oncólogo. Un tumor hepático le había devorado dos terceras partes del hígado. Ahora, Miguel, con el blanco de los ojos completamente amarillo por un hígado que no funciona, juega con las construcciones y se ríe. Espera una operación quirúrgica muy agresiva, en la que le van a extirpar la parte del órgano afectada. Nos han dicho que el hígado se regenera, que podrá vivir, cuenta la madre con su sonrisa. Claro que sí, todo va a ir bien, proclamamos. Y siento la pesadez de la tarde en esa sala de juegos en la que Pablo y Miguel tiran piezas al suelo, golpean las mesas y se ríen. Tan lejos del parque que se extiende unos metros más abajo, verde y prometedor. Tan desbordado de gritos de niños con los hígados intactos y brillantes y con médulas perfectas que sólo producen células buenas y fuertes, que no matan a nadie. Estamos tan lejos de todo que no sé si alguna vez encontraremos el camino de vuelta.

Nunca he tenido una firma elegante, pero en estos meses ha devenido un garabato infame. Se ha deteriorado hasta un feísmo atroz que roza lo ágrafo. Por muy desganada que fuera mi rúbrica, siempre se adivinaba una ese, la inicial de mi nombre, aunque se ahogara en un torbellino de líneas curvas e irregulares que cualquier grafólogo utilizaría para diagnosticarme una psicopatía. Ahora ya ni me molesto en destacar la ese. Un tachón informe que podría haber trazado cualquier gorila del zoo autoriza a las doctoras a envenenar a mi hijo.

La tralla noquea a Pablo, que debe recibir transfusiones casi cada día. Devora las plaquetas. Le trasfunden una bolsa y, al día siguiente, los niveles hematológicos vuelven a estar casi a cero. La piel, transparente. No tiene hambre. El aparato digestivo se le ha llenado de llagas. No come. Se queja, no sonríe, no quiere ni pide nada. Sólo nuestros brazos, sólo el contacto cálido y lejanamente uterino de nuestro cuerpo. Y ni siquiera obtiene eso. No podemos darle nuestros cuerpos, sino una versión estéril de ellos, encubierta con batas y mascarillas quirúrgicas.

Ana sugiere infundirle una perfusión cloromórfica.

¿Morfina? Nos miramos asustados, indecisos.

La analgesia convencional no funciona, informa, no le calmamos nada, y lo importante es que no lo pase mal, aliviar su sufrimiento. No es nada peligroso, las dosis están muy controladas, no hay que tener miedo.

Morfina. Bien, adelante, ¿qué más da? Cualquier cosa, no importa.

Traen una bomba más grande, parecida a las que usan en la UCI, para conectar todas las medicinas que entran en el cuerpo de Pablo. Una maraña de cables que confunde a las enfermeras más expertas. Le faltan horas al día para pautar todos los fármacos. Ajustan muy bien el horario para no retrasar demasiado las dosis. Se suprimen los periodos de descanso, no hay momento del día o de la noche en que no entren a cambiar un gotero o a comprobar cuánto falta de otro.

La debilidad de Pablo nos fortalece como padres. Como si el instinto funcionase, olvidamos nuestro cansancio y nuestros miedos y nos concentramos en la comodidad del cachorro, en apoyarle en eso que seguimos definiendo como una lucha. Agónica, más dramática que nunca. Jamás la metáfora estuvo tan ajustada a la realidad.

No recibimos visitas —toda persona es un saco de microbios andante, una amenaza a la vida de mi hijo, su mera presencia puede ser letal— y nos sentimos más solos que nunca. Relevándonos con disciplina irrompible, atletas que no aspiran a ganar medalla alguna y que sólo aguantan para no perder la que ya ganaron.

Toda historia tiene un clímax dramático, y un historial clínico no deja de ser una historia. La de Pablo toca techo en forma de vómito de sangre. Sangre negra sobre Cris, sobre el suelo, sobre la cama. Sangre de niño. Sangre de mi sangre.

¿Cómo rebelarse contra la impotencia que te anula? Todos los padres están programados para reaccionar ante la sangre de su hijo. El instinto pide sangre al ver sangre, busca desesperado al culpable, reclama la justicia del ojo por ojo. Pero ¿qué hacer si no hay nadie contra quien vengarse? ¿Hacia dónde dirijo la rabia que me domina, ese clamor paleolítico que exige tambores de guerra y romper cabezas a golpe de hacha de sílex? En estos meses he comprobado muchas veces que, cuando me siento poseído por mi furia mamífera más primigenia, siempre hay un imbécil que se ofrece como víctima propiciatoria.

Tras los vómitos de sangre, las doctoras ordenan una ecografía del aparato digestivo para descartar que haya más hemorragias o nuevos problemas internos. Pablo, con una aplasia medular severa, no tiene defensas y está en régimen de aislamiento. No puede cruzar todo un hospital repleto de gente tosiendo y de bacterias flotando en el aire. El ecógrafo ha de ir a la habitación con un equipo portátil y efectuar la prueba sin sacar a Pablo de su cama. Esta circunstancia obliga a nuestras doctoras a pedir favores, a trabajar contra las rutinas sagradas del hospital y a depender de la amabilidad de un desconocido. Se encasillan en el papel de Blanche DuBois, de *Un tranvía llamado deseo*. Forzadas a depender de gentilezas de extraños porque la administración sanitaria no las provee de los medios ni de la autoridad necesarios para atender a sus pacientes con un mínimo decoro.

Las doctoras descolgaron el teléfono y aguantaron el mal humor de no sé cuántos colegas impertinentes hasta que lograron que un ecógrafo y su enfermera trasladaran el equipo a la habitación. El hombre estaba enfadadísimo por la situación humillante en que creía encontrarse. Fuera de su consulta, obligado a trastear su máquina por los pasillos como un buhonero en una sonata de Valle-Inclán. Expulsado de su *château* de mierda, irrumpió en el cuarto de malos modos, expulsándonos de allí. Sólo faltaría que encima tuviera que aguantar la presencia de unos padres nerviosos. Cuando las enfermeras de la planta le indicaron que debía esterilizarse y vestirse con bata, guantes y mascarilla antes de entrar, aquello le pareció el colmo. Accedió, pero dando voces. Dos padres que acababan de ver vomitar sangre a su hijo dolorido y drogado con morfina. Dos padres aterrados que trataban de asimilar lo que acababan de vivir, obligados a escuchar la grosera diatriba laboral de un vago con aires de tirano. Un ser envilecido, una de esas personas que ejemplifican la teoría de la banalidad del mal de Hannah Arendt. El Tercer Reich no estaba formado por matones de camisa parda, sino por tipos como aquél, energúmenos de lo más respetable.

Por qué no le abrí la cabeza con el ecógrafo es algo que todavía no me explico. Me maravilla mi capacidad para controlarme y lo bien que reprimo los instintos homicidas más feroces y justificados.

No sé si escogieron esa especialidad o si la especialidad las escogió a ellas, pero no entiendo cómo una licenciada en Medicina, que puede trabajar en otros ámbitos, acaba ejerciendo de oncóloga pediátrica. Es peor que ser una oncóloga a secas. Enfrentarse a la mirada de un niño con cáncer es mucho más valiente que afrontar la de un adulto. Para éste cabe la metáfora del castigo moral. Para el niño, no. Los adultos nos envenenamos y arrastramos nuestros pecados. El cáncer es una penitencia. Dura, durísima, y, por ello, propia de un Dios tan sádico y vengativo como el que se inventaron los primeros judíos. La enfermedad encaja en los patrones apocalípticos y ella misma se usa como metáfora para otros supuestos castigos morales. El cambio climático es un cáncer medioambiental, las tasas de delincuencia son un cáncer social, el fracaso escolar es un cáncer educativo, la corrupción es un cáncer político. La metáfora no sólo explica el carácter sistémico del mal, sino que le confiere una fuerza redentora. Has sido malo, y la maldad acaba pudriéndote.

Esa metáfora, tan extendida, me repugna. Desprende un tufo milenarista propio de una secta de iluminados, y contiene una moraleja vomitiva: el enfermo se lo ha buscado, algo habrá hecho.

El tropo sería casi perfecto —o, al menos, difícil de cuestionar sin recurrir al ateísmo y a una ética laica e individualista— si no existiera el cáncer infantil. ¿Qué maldad están pagando los niños? ¿Por qué enferman ellos, que no han tenido tiempo de pecar, que se mantienen puros e inocentes, inmaculados, sin haber recibido siquiera el cuerpo de Cristo? No faltará quien interprete su enfermedad como el castigo a la perversión de sus padres. Al fin y al cabo, el Antiguo Testamento contiene al menos un precedente, el sacrificio frustrado del hijo de Abraham. Los niños pueden pagar por los pecados de sus padres o ser ofrecidos en prueba de fe y de lealtad. Pero este relato no es tan convincente como la metáfora general. Cuesta creer que el cáncer infantil tenga una teleología pareja a la del cáncer de los adultos. Y, sin embargo, las pruebas biológicas dicen que son lo mismo. Mutaciones de células que se reproducen con mucha rapidez e invaden todos los tejidos del cuerpo hasta provocar una metástasis. Así sucede en el adulto más pecador y en el niño más puro.

Por eso, las oncólogas pediátricas —nuestras oncólogas pediátricas— se enfrentan a una enfermedad desnuda, cuyo horror no se amortigua con cuentos ni con fábulas religiosas o morales. Ante ellas tienen a un niño desvalido que, en la mayoría de las ocasiones, ni siquiera es consciente de que algo le está matando. Un niño que se enfrenta a la muerte sin entender (puede que ni sospechar) qué es la muerte misma. Entre la práctica de la medicina y el paciente no hay distancias posibles. A un niño con cáncer no se le puede reprochar su enfermedad. No hay cigarrillos que lamentar ni vapores tóxicos que purgar.

La única metáfora que les sirve es la castrense. Hablando de ofensivas, ataques y bombardeos se sienten más seguras, y así restringen su discurso a lo esencial, a lo único que importa, encontrar desesperadamente una forma de salvar a esos niños de la muerte. Y lo hacen sin cuartel.

Si he mencionado antes la brutalidad de un médico, justo es que ensalce ahora el trabajo de nuestras doctoras, esas oncólogas pediátricas que mantienen encendida la última luz de la razón contra la entropía. Nuestros faros, nuestras pequeñas luminarias en la costa que ayudan a mantener el rumbo en medio de esa tempestad que nos conduce directamente contra las rocas. Cualquier palabra, cualquier inflexión en la voz, cualquier gesto, nos sirve para aguantar un día más. Pueden darnos la alegría o quitárnosla con una simple mueca.

La larga convivencia hospitalaria erosiona el protocolo más inflexible. Las que empezaron siendo las muy formales doctoras Tal y Cual acaban convirtiéndose en Carlota, Ana, Ascen y Carmen. Como exegetas alucinados, todos los padres terminamos conociendo bien sus gestos y leyendo todas las palabras que no pronuncian.

Carlota es la jefa. Una doctora dura con fama de imperturbable que dirige la planta con severidad de madre superiora. Porque su vocación tiene algo de religioso o de sacerdotal. Su entrega a los niños es absoluta, pero no consiente que las emociones nublen su juicio. Toma decisiones con mucha rapidez, es pura fibra eléctrica. Se desplaza con prisa, a pasitos nerviosos, y nunca emplea una palabra de más. Es cariñosa con los niños y correcta con los padres. Ante preguntas cuya respuesta ya conocemos, nos mira y sonríe, confirmando nuestros miedos sin necesidad de enunciarlos. Sí, estamos bregando con la muerte misma, ¿para qué quieres detalles?, parece decir. Sus compañeras la respetan y las enfermeras la admiran. Carlota es muy trabajadora, es incansable, musitan. Y es verdad. Nunca la he sorprendido sin hacer nada, tiene ocupado cada segundo de su jornada laboral. No está quieta, no descansa, no se queja de sobrecarga ni le pesa el estrés.

Según la breve investigación que hago en internet, Carlota tiene un currículum largo y ha trabajado en ámbitos institucionales, asesorando a gobiernos y diseñando políticas de oncología pediátrica. Conoce las estadísticas, se sabe todos los números y tiene propuestas para mejorar la organización sanitaria. De hecho, si la planta de Oncopediatría funciona tan bien, se debe a su empeño personal y a su carácter de militar prusiano, capaz de imponerse a la desidia y la inercia de la administración pública. Su nombre aparece citado con frecuencia en revistas médicas y en suplementos de salud. Al menos, hace años. Hay pocas referencias de tiempos recientes. Intuyo —aunque, en realidad, no lo sé— que se ha ido cansando de vadear los ríos políticos y prefiere reinar en su planta, con sus niños, donde no se le exigen melindres diplomáticos y puede llamar a las cosas por su nombre. Nos hace sentir que estamos en muy buenas manos, pero unas manos duras, que no ofrecen compasión. Sólo ciencia, sólo soluciones prácticas.

Ana es otra institución de la planta de Oncopediatría con muchos años de experiencia clínica. También es dura, pero disimula peor y, en ciertos momentos, no le importa romper las barreras protocolarias para ofrecer un abrazo o una caricia. Ha aprendido a integrar el cariño en su profesionalidad, y no es difícil descubrir una melancolía incurable en su forma de mirar. Si Carlota es una sacerdotisa entregada, Ana, sin ser menos firme en su compromiso, no ha descuidado lo mundano. Impecablemente vestida, muy elegante —con mucho estilo, apunta siempre Cris—, una melena perfecta y unos modales suaves y un punto señoriales. Exuda un aroma refinado que yo identifico con la decencia. No con la decencia moral o sexual, sino con una decencia ética y estética. De alguna manera rara e inexplicable, transmite que siempre va a hacer y a decir lo correcto, que su senda es la del bien. Un bien antiguo y poderoso en el que ya no cree casi nadie. Un bien familiar. Un bien decente. Al principio nos pareció muy severa. Fue ella quien enunció el diagnóstico y se empeñó en reducir nuestras esperanzas a un ovillito miserable y prácticamente invisible. Pero también es ella la primera en alegrarse cuando las cosas funcionan, y el alivio que proyectan sus ojos cada vez que un análisis arroja un buen resultado sobre Pablo nos infunde más valor que una arenga napoleónica.

Ascen es más joven. Una navarra muy alta y muy navarra, con un acentuado deje pamplonica en su habla que nos encanta, pues nos recuerda mucho al de nuestro amigo Santi. Pero, tras esa fachada de chicarrona norteña criada a base de cuajadas del Puerto de Belate, amaga un ser

97

tierno y dulce que aún no se ha acostumbrado del todo a bregar con la muerte de los niños y que, según empiezo a sospechar, no se va a acostumbrar jamás. No sabe jugar al póquer. Le duele cada mala noticia, y nuestra angustia le borra la alegría. Hay mañanas en que parece atrapada en un cansancio infinito, como si se preguntara el porqué de tanto esfuerzo. Es una médico brillante, seguro que fue una alumna destacadísima en una competición muy dura, pero quizá no sepa disimular tan bien como las demás cuánto le frustra comprobar la inutilidad de sus conocimientos. Tanto estudio, tantas horas de prácticas ingratas en el hospital, tanta razón y tantos fármacos, para nada. A las buenas chicas navarras no les enseñan a asumir la impotencia. Alguien que ha podido siempre con todo y contra todos no entiende que el cáncer se le resista tantas y tantas veces. ¿Por qué os metéis a oncólogos pediátricos, con lo difícil y frustrante que es esto?, le pregunté una vez. Ay —suspiró—, si yo te contara.

Con Ascen tenemos más confianza. Me atrevo a preguntarle más cosas y lo hago con menos miedo que a las demás doctoras. Siempre responde con una dulzura que no emborrona la franqueza, pero que nos hace sentirnos queridos en la desesperación. Es clara y directa, y a la vez, tierna y suave. Cuando está de guardia, siempre busca un minuto para saludarnos. A veces, entra en la habitación sin tener ningún cometido, sin ser requerida para nada. Tan sólo para ver a Pablo y preguntarnos qué tal estamos. O para darnos ánimos si sabe que no los tenemos. Siempre disponible para cualquier duda, siempre dispuesta a responder una pregunta más, aunque sea de madrugada, aunque ya la haya respondido un millón de veces.

En realidad, todas las doctoras están siempre disponibles. Llaman desde casa a las enfermeras, o exigen que las enfermeras las llamen si sucede cualquier cosa. Por las noches, sólo hay un pediatra de guardia para las plantas del hospital infantil, y rara vez es oncólogo. Las enfermeras deben avisarle ante cualquier emergencia, pero las emergencias de los niños con cáncer pocas veces son comprensibles para un médico ajeno a la especialidad. Por eso, en muchas ocasiones, telefonean a las doctoras a sus casas. A las dos de la madrugada de un sábado. Cuando sea. Ellas siempre están disponibles. Y, cuando uno de sus niños atraviesa una situación delicada —si está recuperándose de una operación, si ha sufrido una crisis, si tiene una infección que no responde a los antibióticos...—, llaman al hospital constantemente para interesarse por su estado. Cuántas veces habrá entrado una enfermera en medio de una noche difícil diciendo: Ha llamado la doctora X preguntando por Pablo y ha decidido cambiar la pauta de tal medicamento, a ver si así mejora. En ocasiones, es el propio médico de guardia quien, superado por unas analíticas que le asustan o ante unas reacciones adversas que le desbordan, llama a Ana o a Carlota preguntando, con una humildad muy poco hipocrática, qué diablos tiene que hacer. Y luego entra en la habitación y me dice, más para reconfortarse a sí mismo que a mí: Tranquilo, la doctora ya me ha explicado cómo solucionarlo.

Carmen también es una médico entregada, pero la conocemos menos porque pasa parte del tiempo en otros hospitales, aprendiendo sutilezas de la disciplina hematológica para llevar los últimos avances de la especialidad a su planta. Es la más joven, pero su porte desprende autoridad y seguridad en sí misma. Se sabe de memoria los complejos historiales de los niños y los intrincados protocolos de la quimioterapia, y los recita de carrerilla, sin consultar ningún papel, como los médicos de la serie *House*. Todo está en su cabeza y, a diferencia de Ascen, tiene muy buenos reflejos para asumir la fatalidad. Aun así, sabe expresar el cariño y se duele del dolor que se respira en los pasillos.

Son nuestras doctoras, nuestras pequeñas linternas en el abismo. Unos Faustos que rechazan a Mefistófeles, que no se rinden y siguen creyendo que, en el principio, fue el verbo, y que la acción es lo que ellos invocan para que el logos triunfe en esta interminable Noche de Walpurgis. Y si no vence, por lo menos que muera en la batalla.

Las navidades se adueñan del hospital infantil. Despacio, sin la estridencia kitsch que domina el exterior. Aquí, hasta las navidades son más silenciosas y usan colores más sobrios. Es una fiesta de caridad, hecha de donaciones y detalles altruistas o presuntamente altruistas. Una celebración asténica con foto incluida para la prensa. Hay que firmar una autorización para que saquen a Pablo por la tele y en el periódico cogiendo un regalo de las manos de Papá Noel. Pues venga, lo que sea. Después de tantos años siendo nosotros los que sacábamos a niños calvos, nos merecemos saber qué sienten los padres que están al otro lado del objetivo.

Ya casi no me acuerdo de cómo era estar detrás de la cámara, con la libreta y el bolígrafo, sonsacando sin piedad frases a personas que no quieren hablar.

Hace mucho tiempo, mi jefa me encargó un reportaje. Hay que sacar a la niña esa con leucemia. Fingí que sabía de qué me estaba hablando y, cuando me quedé solo, traté de enterarme de qué niña era esa a la que tenía que sacar. Creo recordar que se trataba de una chavalita de unos cinco años, cuya madre había puesto en guardia a todos los medios para buscar un donante de médula. Empezaba a salir en todas partes, y nosotros no podíamos quedarnos fuera, así que concerté una cita y me fui con un fotógrafo a su casa, en un pueblo cercano.

Llegué con cierta congoja. En el trayecto, ensayé una cara de funeral apropiada para circunstancias como aquélla. Quise hablar suave y compungido, como si tuviera alguna intención de respetar el duelo de aquella casa y no fuese el violador profesional que realmente era. La mujer, muy amable, desactivó mi personaje con cordialidad y simpatía, dando a entender que en aquel hogar no se lloraba. Al menos, no delante de la niña, a quien oía jugar en el piso de arriba. Su madre la llamó y ella vino corriendo, como cualquier otra niña, risueña y vital, pero con un cráneo liso y brillante. Otras madres cubren a sus hijas con pañuelos o con sombreros. Si están en la insolente pubertad, ellas mismas inventan la forma más elegante de hacer que su alopecia pase inadvertida. Admiro a las madres que no ocultan la calva de sus hijas. La de los niños parece no importarle a nadie, pero pocos padres soportan la de las niñas. Lo admiro ahora. Entonces, no tenía una opinión ni sabía qué era capaz de hacer la gente para afrontar el estigma de la enfermedad o negarlo.

Tomamos café y charlamos. Yo no suelo usar grabadora y no tomo demasiadas notas, a no ser que me encarguen hacer una entrevista en estilo directo. En los textos de estilo indirecto prefiero que la conversación fluya. Las grabadoras intimidan mucho a quienes no están acostumbrados a hablar ante ellas, y anotar cada palabra que dice un entrevistado le hace sentirse examinado. Prefiero confiar en mi memoria y apuntar sólo los datos fundamentales o las frases que más me interesen. Por muy impresionado que estuviera ante la calva de esa niña, no dejé de actuar como un profesional, dirigiendo con suavidad la conversación, intentando hacerle decir las frases de la forma que más me convenía a mí y enseñándole con mis preguntas qué debía contarme y cómo debía narrarlo para garantizarse un lugar destacado en las páginas del periódico. Trabajo de rutina, técnicas básicas de manipulación y de construcción del relato. Periodismo, al fin.

La historia era sencilla. La niña necesitaba una médula, pero en la base de datos internacional no había ningún donante compatible. La mujer quería sensibilizar a los lectores para que fueran a inscribirse como donantes, a ver si así se obraba el milagro. Pero lo que me sorprendió fue lo escéptica que era al respecto. Empezó esa campaña porque se sentía obligada, porque así lo requerían las circunstancias, pero carecía del entusiasmo o de la desesperación suplicante que uno esperaría en alguien así. Al despedirme, en la puerta, no pude evitar decirle: Bueno, seguro que todo sale bien, ya verás. Y ella, sin acritud ninguna, concluyó: No, nada se va a solucionar. No hay ninguna solución. Lo pronunció con naturalidad, sin emoción aparente, sin ni siquiera traslucir un destello de resignación dolorosa.

Durante todo el trayecto de vuelta estuve pensando en la extraña actitud de esa madre. No sabía si disimulaba su angustia o si realmente se podía asumir la fatalidad de una forma tan serena. Sentí que algo se me escapaba y reprimí la tentación de juzgarla. Por suerte. Prudencia nunca me ha faltado, pero uno de los vicios más acusados que tenemos los plumillas que sonsacamos historias a la gente es el gusto por el prejuicio. Un prejuicio orgulloso, que más que una postura moral es una herramienta profesional. El prejuicio sirve para encuadrar a las personas en arquetipos y hacer de ellas personajes planos de fácil consumo. Yo iba en busca de una madre coraje, de una luchadora, y esperaba retratar a una mujer desgreñada, ojerosa de tantas noches en vela, la voz y las uñas rotas de tanto gritar y golpear contra un muro. Perseguía un cliché para enmarcarlo con un titular bonito y me encontré con una mujer de verdad, con una madre de verdad con sentimientos de verdad. Y no supe encajarlo.

Ahora, nuestros colegas buscarán clichés en nosotros, y nosotros, sabiendo lo que vienen a buscar, podemos otorgárselo. Interpretaríamos muy bien el papel que tenemos asignado. Padres que orbitan en torno a la calva estéril de su hijo. Pero no nos da la gana. No voy a hacer pucheros.

Me gustaría rebelarme incluso contra la Navidad y los personajes que nos ha tocado interpretar en este belén hospitalario. Por unos días, todos quieren ser buenos con los niños enfermos, todos tienen un regalo, todos tienen algo que dar o una foto que hacerse. Políticos, jugadores de fútbol, cantantes, bomberos... ¿Quién no se acerca al hospital infantil en estos entrañables días? Ikea ha donado la decoración navideña. Imaginarium, los juguetes. Hasta hay un señor que posee una empresa de distribución de juguetes, que tiene a su hijo ingresado por una nadería en otra planta, y se ha enterado de la existencia de la unidad de oncopediatría. Horrorizado y conmovido hasta el llanto, como se suele decir —puede que literalmente—, ha pedido una lista de las edades y el sexo de los niños de onco para regalarles paquetes de juguetes apropiados para cada condición. Unos juguetes grandes y caros, de un precio y una calidad proporcionales al espanto que ha sentido al atisbar a media luz la realidad de los niños calvos.

Me gustaría mantener una pose cínica y mandar a la mierda tanta cursilería navideña. Me incomoda que mi vida se haya convertido en un anuncio de turrones, pero lo cierto es que no puedo. Quizá, a fuerza de repetir el guion, he acabado creyéndome mi papel en la historia, y me emociono sin parar. Me dan ganas de abrazar al señor de los juguetes. Un jugador del Real Zaragoza deja una camiseta del equipo de la talla de Pablo, y sólo pienso en hacerle una foto con ella para enviársela al yayo Michel, que es forofo del club y quería hacer socio a su nieto y llevarle los domingos al campo. Viene un tipo vestido de Papá Noel con unos paquetes que Pablo rompe entusiasmado y no sé contener las lágrimas. Todo me hace llorar, todo me comprime la garganta. Todo lo agradezco en nombre de mi hijo.

Me han encogido en un cliché. Soy una figurita de belén.

Me he vuelto adicto al olor de mi Cuque. Un olor dulce y hospitalario, de cuerpo tibio, de sudor nuevo. Cada vez que llego a la habitación y lo cojo de brazos de su madre, aspiro su aroma y sólo cuando me impregno de él reconozco en verdad a mi hijo. Necesito respirarte, Pablo, le digo. Vivimos un simulacro de paz hogareña. Los tres en la habitación. Cris, Pablo, yo. En el silencio sincopado por el ruido de las bombas intravenosas, fundidos en un tedio que por momentos es agradable. Mi niño valiente, mi chica poderosa, mi familia indestructible. Pablo aferrado a su madre, como una escultura épica. No hay *terribilità* porque la morfina la ha relajado, pero sobra la determinación. Pablo sólo quiere sentir el cuerpo de su madre, ese cuerpo que no se desmorona, firme, enhiesto. Hay algo arcaico en los modales de Cris. Su decisión, su capacidad para improvisar, su sonrisa. Todo confluye en una maternidad arquetípica, en una actitud que va más allá de la madre coraje. Me recuerda a esas diosas etruscas de bronce. Es nuestra guardiana. Al custodiar a Pablo me custodia a mí también. Es el fuego de mi lar. Sin ella, Pablo y yo habríamos sucumbido hace tiempo al frío. Ambos estaríamos podridos y devorados por los buitres.

La dosis de morfina ha bajado progresivamente. Parece que Pablo ya no tiene dolores, y una mañana se incorpora y nos pide jugar. Es un juego adormilado y torpe, pero es un juego, y las enfermeras lo celebran y se lo cuentan a las doctoras. Toda la planta aplaude y todo el personal se asoma a la puerta de la habitación para verle sentado en la cama con sus juguetes. Pablo, campeón. Hurra por Pablo. Sus ganas de disfrutar —sus ganas de vivir— desbordan los estadillos y los números de los análisis. Algunas enfermeras se emocionan y no reprimen su deseo de cogerle en brazos. Cheles y Montse son las que peor saben disimular lo mucho que le quieren. Durante un tiempo, Montse se convierte en la novia de Pablo. Le tiene enamorado. En cuanto la ve entrar, se lanza a sus brazos. Fue la primera bata blanca que se ganó su cariño, la primera sanitaria que no percibió como enemiga. Luego vinieron las demás, pero Montse fue su primer amor.

Para nosotros, las enfermeras son imprescindibles. Compartimos tantas horas y nos han visto llorar tanto, que se ha levantado entre nosotros algo parecido a una amistad. En muchos sentidos, bastante más intenso que la más intensa de las amistades, y en otros, desesperadamente práctico y provisional. Hablamos, aprendemos de sus vidas y nos dan ánimos contándonos algún caso parecido al de Pablo que terminó bien. Recuerdan a aquel chaval minúsculo que tantas veces entró en la UCI, por el que nadie apostaba, y que ahora es un joven guapísimo que estudia algo muy complicado en no sé qué universidad importante del extranjero. Todos los niños de onco son guapos y listos.

Todos son excepcionales. Omiten cuidadosamente todos los cadáveres que han visto, las hemorragias que no pudieron cortar, las sepsis que no respondieron a ningún antibiótico, los cuerpos que se tumbaron y no se levantaron jamás, hasta fundirse con las sábanas. Saben seleccionar las historias para mantenernos conectados a una esperanza que cada día amenaza con apagarse del todo. Como los cables y tubos que sostienen a Pablo, ellas nos suministran otro tipo de medicina. Y como los cables y tubos que sostienen a Pablo, su objetivo real no es curarnos, sino mantenernos un día más en pie.

Menos de una semana después de que se detectara la primera mejoría, Pablo es de nuevo Pablo, con sus risas y sus travesuras. Volvemos a cantar canciones y damos paseos por la habitación. La normalidad llega a un punto en que empieza a ser absurdo seguir hospitalizados, pero los niveles de su sangre no se recuperan y necesita transfusiones constantes de plaquetas. Es normal, nos dicen, la quimio ha sido muy agresiva, mucho más que los primeros ciclos, y la médula va a tardar mucho más en recuperarse. Pero empezamos a sospechar que se está demorando demasiado. Las doctoras se ponen nerviosas. Algo no cuadra. Finalmente, deciden practicarle una punción medular. Hay que saber qué está pasando ahí dentro.

Consolados por relatos en los que los ciclos más peligrosos y agresivos son los más eficaces, pensábamos que este aterrador verde que casi mata a Pablo había logrado una remisión. Nada lo justificaba, pero así lo creíamos. En el despacho, frente a Ascen y Ana, estamos mudos y secos. Una enfermera se ha llevado a Pablo a jugar. Deberíamos preguntar miles de cosas y no nos sale ninguna. Clavados en las sillas, por primera vez, no sabemos reaccionar. Como si hubiéramos agotado ya el repertorio de respuestas y sucumbiéramos a la catatonia. O peor aún, a la catalepsia. Como personajes de Poe, condenados a despertar tres días después dentro de sus ataúdes.

Son las doctoras, nuestras doctoras, quienes desbloquean la escena. Dicen: esto no es irremediable. Dicen: no hay que perder la esperanza. Dicen: todavía tenemos bazas que jugar. Dicen: esto no se ha acabado. Dicen: necesitamos que sigáis esperanzados y animados.

Y ahora, ¿qué? ¿Cuáles son esas bazas? ¿Qué va a pasar ahora?

No está claro, barruntan. No figura en los protocolos, en ninguno de los dos que suelen seguir los hospitales del mundo (el europeo y el americano: Pablo ha seguido hasta ahora el de Estados Unidos). Esta leucemia ha demostrado ser muy complicada y no hay manuales para ella. Toca improvisar, estudiar literatura médica, consultar con expertos de otros hospitales. Han diseñado un camino, pero quieren consensuarlo con el equipo de Barcelona que llevará el trasplante —porque tenemos candidatos a donante, ¿os lo hemos dicho?, oímos muy lejos— y con el Hospital de La

Fe de Valencia. ¿Valencia? ¿Por qué Valencia? Allí trabaja el mejor especialista en leucemias refractarias como la de Pablo. Entre los tres hospitales diseñaremos el mejor tratamiento posible, creemos que va a funcionar.

No es quimioterapia, nos advierten. O, al menos, no sólo. Vamos a combinar la quimio con un anticuerpo monoclonal desarrollado en Alemania que consigue remisiones completas en uno de cada tres casos.

¡Uno de cada tres casos!

O en un treinta por ciento, como queráis verlo. Lo bueno es que no necesitamos una remisión completa, sólo conseguir que la enfermedad baje del diez por ciento. El cáncer tiene que ser residual para poder proceder al trasplante.

Un treinta por ciento.

No sé por qué me alegra escuchar la cifra. Me parece un buen porcentaje. Uno de cada tres. Puede ser Pablo. No es una posibilidad remota, es uno de cada tres. Tú, no; tú, no, y tú, sí. Yo siempre he pertenecido a grupos más reducidos. Menos del treinta por ciento de mis compañeros de instituto sacaron una nota más alta que la mía en selectividad. Menos del treinta por ciento estudió la carrera que les interesaba, y mucho menos del treinta por ciento trabajó donde quería. Siempre he pertenecido a minorías mucho más ínfimas. El treinta por ciento es mucha gente. Un treinta por ciento de votantes puede decidir una mayoría absoluta. Un treinta por ciento de audiencia hace de un programa de televisión un fenómeno de masas.

Treinta por ciento. No está mal, es una posibilidad real. Al fin, una posibilidad real.

Nos citan para el lunes siguiente, y llegamos fuertes e ilusionados, sin sombra de catatonia o catalepsia. Esperamos en la habitación, pero las doctoras no aparecen. De hecho, no están para nadie. Las enfermeras andan locas buscándolas para que firmen papeles o les aclaren dudas, y ellas no salen de su despacho. No se puede molestar a las doctoras, anuncia una auxiliar, porque están estudiando.

Repasan literatura médica, consultan historiales de pacientes con la misma evolución y pronóstico que Pablo, reciben informes de oncólogos de otros centros, debaten y vuelven a estudiar esos casos raros. El hospital nunca ha aplicado un tratamiento como el que van a poner en marcha. De hecho, el anticuerpo monoclonal no se ha combinado nunca con la quimioterapia que quieren administrarle a Pablo, y consultan con los laboratorios fabricantes para que sus médicos y químicos otorguen el beneplácito al uso creativo que se va a hacer de sus productos. Se trata de buscar la máxima eficacia, amparándose en los pocos casos que hay documentados parecidos al de Pablo. Porque ése es el problema, que ha habido tan pocos niños de su edad afectados por una leucemia tan rara y tan refractaria, que no existen datos estadísticos en los que ampararse. Que de diez casos tres se hayan curado no significa que haya un treinta por ciento de posibilidades de curación. La ciencia estadística no puede dar por buenas esas proyecciones, no hay una muestra representativa. Se trabaja a ciegas, casi por instinto. Sólo nos consuela que los instintos de los equipos médicos que estudian el historial de Pablo están muy bien afinados. Confío en la ciencia, pero también en la corazonada de un profesional experto y vocacional. A los marineros que navegan por el blanco de los mapas, a merced de los monstruos que anunciaban las cartas náuticas medievales, no les queda otro remedio que fiarse de sus vísceras al tomar una decisión.

Al contemplar cómo la máquina sanitaria se revoluciona y trabaja a la máxima potencia para salvar la vida de mi hijo, me emociono y lloro. Sin esconderme, asumiendo al fin mi condición de llorón sin peros ni excusas. Ese sistema sanitario tan denigrado, que tanto parece molestar a algunos y que tanto empeño tienen otros por demoler, ofrece lo mejor de la ciencia, lo mejor del intelecto humano y de su sabiduría, a un niño enfermo. Sin tirar la toalla, como un Sherlock Holmes que repasa una y otra vez los detalles de la escena del crimen en busca de ese minúsculo fallo que delata al asesino.

Sin tirar la toalla, he escrito. Qué tópico. Me sorprendo regurgitando una de esas frases hechas que tanto afeo a quienes asisten a mis talleres de escritura creativa. Aunque también les comento que nadie escapa a la contaminación de los lugares comunes. En parte, como disculpa anticipada para cuando los encuentren en mis textos. Pero mis lugares comunes no suelen darse por contagio externo, sino por un fallo interno. Son réplicas de mi pasado, obsesiones aletargadas que saltan en cualquier línea. La expresión *tirar la toalla* remite a una canción de Leño, «¡Que tire la toalla!», que yo cantaba cuando apenas sabía hablar y que me ha acompañado desde entonces. Leño, la música de Leño, los cuatro discos del grupo. Los llevo incorporados a la piel como la psoriasis que sufro, y los versos de sus canciones resbalan por mi prosa con mayor frecuencia de la que quisiera. A veces, los cito —o los *sampleo*, que diría un posmoderno— a propósito, pero casi siempre se me escapan. Si los detecto en las correcciones, tiendo a dejarlos, aunque a veces los borre o los sustituya por una imagen mía o que creo de mi invención, sin sospechas de plagio. En esos casos, tacho con rabia, harto de sentir mi voz compuesta por otras voces más roncas y menos hondas que la mía.

Cuando pierdo pie, me refugio en Leño, y eso ha de notarse por fuerza en mi literatura. Delato mis orígenes y me postulo por el bando perdedor de la lucha de clases. Qué más quisiera yo que haber crecido en una casa con abono familiar para el Auditorio Nacional y que mis domingos infantiles sonaran a Brahms y a divertimentos de Debussy tocados al piano por una madre bovariana. Pero mi infancia no está hecha de suelos de madera y clases de solfeo. Vengo del rock y al rock voy. Sin épicas ni mesianismos. En el rock, ni me salvo ni me pierdo ni me libero. No entiendo a las generaciones anteriores, no comprendo el mensaje sexual y de rebeldía en cuero. Supongo que hay que tener un bagaje cultural muy sofisticado, combinado con un tedio burgués y chic, para percibir el rock como manda el canon. Para mí, chaval de barrio, el rock guitarrero y rasposo es sólo otra forma de volver a casa. Me encoge, no me proyecta. Cierra las puertas de mi percepción en lugar de abrirlas. Y, al clausurarlas, crea un habitáculo cómodo y rústico que huele a serrín y a cerveza derramada. Como cantaba Leño en «Apágalas»: «A plena oscuridad, / cuando notas el vacío / y en tu mente sólo ves / luces mortecinas / que oscurecen el camino / y que confunden quién es quién. / Apágalas, apágalas, / enciende un cigarrillo, / su luz puede valer. / Apágalas, apágalas, / enchufa el infiernillo, / caliéntate los pies».

Un infiernillo para calentarse los pies. Eso es para mí el rock de Leño. El rock urbano, que se le llamaba en los ochenta. Apaga las luces, haz lo contrario de lo que exigen los ilustrados y los iluministas. Abrígate, enciende un cigarro y deja que otros se enfrenten al frío y a la incertidumbre. Aquí estamos calentitos, aquí tenemos cerveza, aquí lo pasamos bien.

Mientras escribo esto escucho un disco de Rory Gallagher, el guitarrista irlandés que inspiró la música de Leño, que murió después de un trasplante de hígado (el suyo lo había destrozado a base de whisky). Rock crudo, enraizado en el blues, ajeno a cualquier moda, que siempre suena actual porque siempre fue anacrónico. Son estos autodidactas hechos de puro instinto quienes me conceden cierto sentimiento de pertenencia, en una especie de individualismo gregario. Son mi útero adolescente, son el sabor de la cerveza y el tabaco en la lengua de las chicas tristes y tímidas que se dejaban manosear las tetas al fondo

113

del bar. Son todo lo que fui y dejé de ser hace demasiado tiempo, la patria a la que sólo puedo regresar con canciones. En una forma destilada y somnolienta, son también parte del legado que espero entregar a mi hijo. Quiero que tengan un hueco en la construcción de su infancia. Que cuando escuche un *riff* lastimero y bluesero como el de «I Wonder Who», de Rory Gallagher, o un estribillo tan cansino y macarra como el de «No se vende el rock and roll», de Leño, piense en su casa, como un perro de Pavlov condicionado a base de guitarras eléctricas. Que el rock antañón le haga salivar y le traiga aromas de los cocidos madrileños cocinados por su viejo. Quiero que mi infancia se mezcle con la suya, formando una especie de nobleza proletaria que nos ligue más allá de la sangre. Y quiero también que lo repulse, que se afirme en el rechazo a la música de su viejo, que se rebele contra su infancia, contra mí y contra el hígado necrosado de Rory Gallagher.

Fantaseo con fundar un hogar. Y escucho música con mi hijo. Convierto el rock en nuestro ritual y nuestro juego. No le gustan las canciones infantiles, no entiende de nanas ni de lobitos. A Pablo hay que darle rock guitarrero, que es el que lleva escuchando desde que era un feto. En mis brazos, sentados en el salón, a media luz, se adormece entre *riffs* y aplausos de discos en directo. Si está jugando en el suelo y pongo música, gatea a toda velocidad hasta mis pies y me pide que le coja. La música es cosa nuestra, parece decirme. La música se escucha con papá. Apágalas, apágalas, le canto, enchufa el infiernillo, caliéntate los pies.

Yo también me adormilo y agradezco a Leño que nos conceda ese cobijo tan ratonero y oscuro, como el que pedían los Rolling Stones en su canción «Gimme Shelter». Pero sé que luego, a solas, cuando llegue a casa después de haberle dejado con Cris en el hospital, con el miedo obsesivo del treinta por ciento, Leño y Rory Gallagher no serán suficientes. Es entonces cuando apago definitivamente todas las luces, me pongo los cascos y subo el volumen.

114

Sordo y ciego, paseo por la noche de Saskatoon. Uno, dos, tres, cuatro paseos. Hasta que pierdo la cuenta. Hasta que ya casi siento el regusto a cerveza que queda en las bocas de las chicas rockabillies que beben en los porches traseros.

Hay noches en que incluso Saskatoon se me queda pequeña, y tengo que marcharme al sur, a la frontera con México, a una ciudad de mierda llamada Laredo, donde un vaquero al que han disparado en el pecho espera la muerte y le pide a un extraño que se encargue de que su entierro se celebre como es debido. Con ramos de rosas sobre el ataúd y con doncellas que lloren desconsoladas. Lo canta Johnny Cash, un Johnny Cash crepuscular, con una voz anciana y profunda que parece emerger del polvo del camino. Una salmodia lúgubre que me hace llorar. No tiene ningún mérito. Últimamente, cualquier cosa me provoca el llanto. La canción es un clásico del folk americano. Los folcloristas le pierden la pista en el siglo XVIII en Inglaterra, donde documentan las primeras versiones de este tema, que luego recorrerá los ranchos y villorrios del Far West. Se titula «The Streets of Laredo» y es una putada doliente y asquerosamente humana.

Entre Saskatoon y Laredo paso mis noches. Entre chicas que beben cerveza en un porche y vaqueros moribundos que imaginan su propio entierro. Entre fábulas de regeneración y versos fúnebres entonados por un señor de negro con voz imposible. Así alargo las madrugadas, en un inglés americano y coloquial que ahuyenta las pesadillas y me deja fantasear con las ideas de consuelo y redención. Lejos, muy lejos de esta ciudad horizontal donde la única poesía capaz de alegrarme se expresa en forma de números. En el recuento de las plaquetas. En el incremento de los monocitos.

Hasta que la mañana me devuelva al mundo del treinta por ciento.

Limpia. La médula está limpia. Pablo es el uno de cada tres. Tengo el teléfono en la oreja, aunque Ascen ya ha colgado al otro lado, y me derrumbo en el pasillo, desguazado de nervios y gratitud. Cris me mira y Pablo grita con sus juguetes. ¿Qué, qué han dicho, qué? No puedo contestar, me ahogo en mí, pero intento sonreír y asentir con la cabeza. Todo está bien. Lo han conseguido. Pablo está limpio. Nos vamos a Barcelona. Nuestro hijo va a recibir una nueva médula.

3. Las naranjas de la sangre

Barcelona vive ignorante de nosotros. En Zaragoza, las obras, el viento y lo grosero del paisaje se solidarizaban con nuestra pena. La antipatía del aire sonaba a duelo. Las calles se sentían concernidas. Pero Barcelona goza con indiferencia mediterránea, intoxicada de primavera, bulliciosa y leve, y nosotros se lo agradecemos con gestos ridículos y tribales. Llegamos un par de días antes del ingreso en el hospital. Queremos instalarnos con calma y disfrutar de la ciudad antes del encierro. Respirar hondo y acumular fuerzas para las semanas que vienen. Como turistas despreocupados y alegres con un niño que no es calvo, sólo tiene el pelo muy corto. No podemos entrar en las tiendas ni en los restaurantes, pero ningún médico nos ha prohibido los paseos. Recorremos Barcelona con sonrisa de presos que acaban de recibir la condicional. Bebemos cervezas heladas en plazas sombrías del Borne, comemos arroz bajo un toldo en la Barceloneta y miramos nuestras sombras gigantes proyectarse sobre la arena de la playa del Somorrostro, agrandándose conforme el sol cae a nuestras espaldas. Porque en el Mediterráneo español, salvo en el litoral sur, el sol se pone por detrás. En las películas románticas, los enamorados se reúnen al atardecer para ver el ocaso sobre el mar. Pero, en la playa de mi infancia, el mar quedaba al este y el sol nunca se sumergía en el agua tras la línea del horizonte, como en las postales ñoñas. Sólo los veraneantes, torpes y analfabetos geográficos, acudían a la playa a ver la puesta. ¿Qué puesta?, reíamos los niños del pueblo. Cada día, decenas de parejas excitadas y cursis se sentaban mirando al mar a la espera de un ocaso imposible, mientras la sombra de los edificios se adentraba más y más en la arena, hasta alcanzarles a ellos y engullir sus propias sombras. Qué idiotas son estos madrileños, nos decíamos, comidos por las sombras de los edificios, atontados perdidos, mirando el lado que no es.

Crecí en un pueblo con mar. Me gusta el verbo *crecer*, mucho más que *criarse*. Criarse en un sitio confiere aspecto de teta al lugar. Un caserío grande y pródigo del que mamas acurrucado y caliente, pasivo y prisionero. En cambio, crecer se ajusta mejor a la realidad. Tú te agrandas y el espacio se empequeñece. Desbordas tu pueblo con tu propio crecimiento. Porque si no lo desbordas, él te ahoga a ti. Es una cuestión de supervivencia. O tu pueblo o tú. Los dos no pueden existir al mismo tiempo. Yo crecí hasta desbordarme en un pueblo con mar. Un pueblo valenciano que olía a novela de Blasco Ibáñez en primavera y donde el turismo aún no había barrido todos los vestigios costumbristas. Un pueblo de naranjales infinitos, niños crueles, idiotas violadores y veranos interminables. Un pueblo que se resumía a sí mismo al final de agosto, cuando los madrileños dejaban la playa vacía y se recogían las primeras naranjas, *les taronges de la sang*, las naranjas de la sangre. Pequeñas, insípidas y carnosas. Su jugo presagiaba los crímenes del invierno. Sobre la playa vacía y ventosa se tumbaban los asesinos.

Barcelona me devuelve ahora parte de su memoria olfativa y táctil. El salitre en la piel al pasear por la orilla, el olor de la brisa del mar y esa tensión fúnebre de un pueblo acostumbrado a morir viviendo. Pero, sobre todo, Barcelona me devuelve el manto de sombra que cubre la playa al atardecer, ese ocaso invisible que más parece un apagón.

La arena ardiente se enfría en pocos minutos cuando se queda en sombra, y entonces es un placer sentirla entre los dedos de los pies, fresca, puede que un poco húmeda también. Arena reposada y mansa. Arena crepuscular en la que jugábamos al fútbol, sin miedo a quemarnos los pies, tirándonos exageradamente al suelo en cada jugada para sentir su frescura. Obsesionados con una puesta de sol imposible, los veraneantes se negaban los verdaderos gozos del ocaso valenciano, y los niños del pueblo los disfrutábamos con deleite iniciático, conocedores y guardianes del secreto. *Tempus fugit.* Urgía devorar la arena antes de que las naranjas derramasen su sangre.

En el Somorrostro, me muevo descalzo por la arena enfriada y oscurecida por la sombra de los hoteles de diseño. Con Pablo en brazos, revivo el tacto de mi infancia, los granos finísimos que resbalan entre los dedos. Fríos y domesticados, rotos de sol y huellas. Voy hacia la orilla, a enseñarle a mi hijo el mar, con la brisa de cara moviendo mi pelo y frunciendo su ceño. Qué guapo estás, hijo, con tus ojos en busca de un ocaso imposible que sucede más allá de tu nuca. Qué hermoso eres, agarrado a mi camisa, inquieto, en una súplica muda de protección ante la amenaza de un océano de juguete. Es el mar, cariño, le explico. Son las olas y el viento y todo lo que no puedes disfrutar. Es la vida que pensamos para ti y que no te podemos dar. Esto, mi niño, es lo que vamos a hacer cuando te cures. Te llevaré a la playa donde fui chaval para que lo seas tú también. Un chavalote sin cables ni pijamas de hospital. Y nos meteremos en el mar juntos, para que no tengas miedo, para que sólo te rías y salpiques y chapotees. Y saludaremos a mamá, que nos hará fotos desde la orilla. Como hoy, como esa foto que nos está haciendo ahora mismo mientras mi niñez se funde en la tuya, en un trasplante de entusiasmo que nos tiene que fortalecer a los tres. De niño, yo conocía el secreto de la arena fría amansada por la sombra. Hoy, en esta Barcelona que tan alegremente ignora nuestro sufrimiento y que ríe altiva e indiferente, tal y como nosotros queríamos, comparto ese secreto contigo. Tú y yo sabemos que volveremos a jugar a la arena en sombra. Papá te enseñará a disfrutar de los atardeceres que no se ven. Antes, habrá que pelear. Nos lo vamos a tener que ganar. Pero, cuando lo hagamos, nuestro derecho al placer será inapelable.

Hemos aprendido que el nombre correcto es *trasplante de progenitores hematopoyéticos*, y en catalán suena mucho mejor: *trasplantament hematopoètic*. Al catalán se le cae la *y* de *hematopoyético* y convierte el adjetivo en hematopoesía: poesía de la sangre. Como la primavera barcelonesa y las buenas perspectivas me saturan de afectación, pienso en lo maravilloso que es que la poesía venga a restituir el orden de la sangre. Las letras contra el caos. *Leucemia* es un neologismo griego acuñado en el siglo XIX que significa *sangre blanca*. Y, en la etimología que me he inventado, *hematopoyético* se traduce por *poesía de la sangre*. Se trata de restablecer el ritmo, el tono y la rima en la médula ósea de mi hijo. Es un problema de métrica y de composición, tal vez de modulación de la voz. De color, en resumen. Rojo contra blanco. Una cuestión estética, como todas las cuestiones importantes.

Las naranjas de la sangre abrían la temporada de crímenes en mi pueblo infantil. Hoy buscamos el zumo de otras naranjas para restituir la sangre enferma de mi hijo.

Somos afortunados, nos dicen. No creíamos que Pablo pudiera llegar al trasplante. Pero aquí está, contra todo pronóstico. Limpio de cáncer y dispuesto a recibir su nueva médula. Una médula fantástica, nos explican. Había varios candidatos a donante y hemos elegido la mejor, una chica francesa con una compatibilidad absoluta. En algunos aspectos genéticos, los que nos importan, es una gemela idéntica. Ése es el adjetivo: idéntica. Lo ideal en un trasplante, nos cuentan las doctoras Elorza y Olivé —Izaskun y Teresa—, es que el donante sea un hermano compatible.

Al no existir esa opción, la segunda mejor es la que tenemos. En nuestro caso, disponemos de la mejor médula posible para Pablo.

No nos lo creemos. No podemos ser tan afortunados. ¿Hemos sido devueltos al lado minoritario del mundo, el de los triunfadores? ¿Podemos sentirnos de nuevo dichosos?

La donante es un ser genial, lleno de una bondad pura e inapelable. Así nos la pintan. Una chica joven, que en cuanto recibió la llamada que le informaba de que un niño español necesitaba su médula, se puso a la completa disposición de los médicos. Hemos podido programar el trasplante tan pronto gracias a ella, nos aseguran. Ha dejado de lado todos los compromisos de su vida para entregarse a Pablo, sin dilaciones, sin excusas, sin mañana me viene mejor que ayer. El trasplante está fijado para la fecha más temprana posible, teniendo en cuenta que hacen falta un par de semanas para preparar a ambos, a la chica francesa y a Pablo. Estoy tan emocionado que el verbo se me rompe y camina cojo y arrastrado por las páginas. Barboteo palabras. Ni pronuncio ni escribo. Me retuerzo en deseos de abrazarme a esa francesa anónima, cuyo nombre y cara se nos niega. *Une belle copine pour mon petit Pablo.*

Me atasco. Cursi. Agradecido. Feliz.

Sí, feliz.

Izaskun y Teresa dedican más de una hora a rebajar nuestras expectativas. Originales y copias, gruesos mazos de impresos que debemos leer, aprobar y firmar, complejos formularios legales, jerga médica, advertencias por triplicado. El resumen es que el trasplante es un proceso muy agresivo lleno de infinidad de riesgos y cuyo éxito ni siquiera supone una garantía de curación. El caso de Pablo tiene, además, sus propias complicaciones, que obligan a añadir un montón de *peros* y *sin embargos* a una lista ya de por sí inabarcable. El principal de ellos es que las posibilidades de curación de la leucemia aumentarán si se presenta una complicación típica de los trasplantes, pero muy peligrosa y a menudo mortal: la enfermedad de injerto contra huésped. En otros casos, tratan de evitar que surja, pero en el de Pablo se plantean incluso estimularla, pues a pesar de su riesgo posee un apreciable potencial terapéutico. Básicamente, esa enfermedad consiste en que los linfocitos de la nueva médula reconocen el cuerpo del receptor como un organismo enemigo, y lo atacan. Generalmente, con una brutalidad poco entusiasta, y sus efectos son comparables a los de una alergia que se puede combatir con Urbason. Pero, en sus manifestaciones más graves, la nueva médula bombardea y arrasa al paciente. Las doctoras desean un ataque de nivel medio-bajo, pues en esa reacción los linfocitos del donante vencerían los restos de cáncer que pudieran quedar. Está demostrado que hay una relación entre la aparición del injerto contra huésped (EICH, como la conocen en el hospital, en unas siglas que nos vamos a hartar de oír y de explicar) y una mayor tasa de curación en los pacientes que la sufren. De hecho, confirma Izaskun moviendo la cabeza, si no tenemos un EICH, lo más probable es que la leucemia siga su curso y no podamos hacer nada.

No sólo eso. Nos hablan de complicaciones graves en el hígado y en el corazón, y lo peor: la aplasia medular será muy severa y larga y cualquier virus o bacteria que flote en el aire podrá matarlo. Pablo estará encerrado en una cámara aislada donde sólo podremos acompañarle uno de nosotros. El espacio es el mínimo indispensable, menor que una celda, para prevenir la propagación de polvo, ácaros y microorganismos. Dentro de la cámara sólo vestiremos ropa estéril y mascarilla quirúrgica, y cualquier objeto que se introduzca debe ser concienzudamente esterilizado. Pocos juguetes, a ser posible nuevos, y algún libro recién comprado en la librería. En ningún caso, objetos que hayan pasado de mano en mano. La cámara tiene un sistema de refrigeración independiente y desconectado del resto del hospital, y hay un protocolo muy rígido que establece qué alimentos pueden entrar allí y de qué manera. Todo lo que coma Pablo debe haberse cocinado en el hospital. Todo estéril, todo supervisado. Además, cada día se analizará su sangre en busca de virus y bacterias. Y no sólo su sangre, sino también los tubos que le conectan a las bombas. A la menor sospecha, se le bombardeará con antibióticos sin esperar confirmación. La preparación para el trasplante será muy dura, siguen advirtiéndonos. Se trata de una quimioterapia muy potente que tiene por objetivo destruir por completo la médula enferma. Es tan poderosa que existe un punto de no retorno pasado el cual, si el trasplante no se produce, el paciente muere al no poder recuperarse de los efectos de la quimio. Esto obliga a una coordinación milimétrica entre hospitales, pues han de extraer la médula de la donante en el momento en que Pablo esté listo para recibirla, ni antes ni después, y tiene que viajar en avión desde

Francia a Barcelona custodiada por un equipo especializado. La logística nos apabulla. Los detalles nos aterran. Son demasiadas las cosas que pueden salir mal. Estamos sobreinformados y desilusionados. Yo sólo quiero que expriman las naranjas de la sangre en el cuerpo de mi hijo. Aguantaremos lo que sea necesario. Pablo lo soportará. Es fuerte, en Barcelona aún no lo saben, pero es indestructible. No me preocupa esa quimio, tengo miedo del día siguiente, de que todo esto no baste. Me emociono ante tal despliegue de medios. Todo el poder de la ciencia al servicio de Pablo. Una dedicación que no he visto en ningún ámbito profesional. Desde luego, no en el mío. Y, aun así, puede que no lo consigan. Eso es lo que no concibo. Tiene que salir bien, hay demasiada gente empeñada en que salga bien, estamos en las mejores manos. Tiene que salir bien, joder. Me rebelo contra los consentimientos informados, contra las cláusulas, contra todos los efectos adversos cuyo listado soy incapaz de memorizar. Así que pregunto, desesperado, sólo porque necesito escuchar lo obvio: A veces, las cosas pueden salir bien, ¿no? Vosotras creéis que hay posibilidades de que el trasplante salga genial y Pablo se cure, ¿no? Para mi sorpresa, las dos relajan el gesto serio que mantenían desde hacía una hora. Y sonríen. Con cariño y limpieza, casi con ternura. Claro que sí —es Izaskun quien habla—. No lo haríamos si no lo creyéramos. Hacemos esto para que Pablo crezca y sólo le veamos una vez al año, cuando le citemos para las revisiones, y para que venga aquí con catorce años y nos presente a su novia. Para eso lo hacemos. Vamos a por todas.

Por toda respuesta, lloro. Como un gilipollas. Como el pelele en el que me he convertido. Has oído, ¿verdad?, le digo a Cris cuando nos quedamos solos: Pablo vendrá a Barcelona con su novia. Y vendrán solos los dos, porque para entonces ya le estorbaremos y se avergonzará de nosotros. Que viaje en tren, les pagaremos un hotel, que disfruten. Qué ganas tengo de que se avergüence de su viejo.

Y nos abrazamos como imbéciles, sin saber qué debemos sentir.

Como dijo no sé quién (puede que fuera Mafalda, la gran apócrifa), lo urgente nunca deja tiempo para lo importante. Siempre se expresa este tópico como queja o disculpa, pero yo lo siento como una ley física, un axioma que permite que el mundo siga funcionando. Si lo urgente nos dejara atender alguna vez lo importante, moriríamos saturados de intensidad. Por eso los poetas y los filósofos implosionan. Por eso al hidalgo se le secaron los sesos. Porque lo urgente es todo aquello que nos permite desatendernos y seguir vivos. Somos nuestras tareas. Somos los platos sucios, los artículos por entregar, las casas por barrer, los polvos por echar y los recados por cumplir. Somos los plazos de nuestra hipoteca, la declaración de la renta y la llamada al fontanero para que repare la caldera. Somos lo urgente. Sin ello, quedamos reducidos a pura carcasa conceptual, a un cuerpo que pide ser guillotinado por un Robespierre enloquecido.

Escribió Umbral que apreciaba la ética del trabajo porque su estética es mejor que la del ocio. La estampa de un hombre trabajando es mucho más inspiradora y honda que la de uno que huelga. El ocioso es repelente, pero no sólo en la estética que proyecta. De nuevo, la forma es el fondo. Si el *homo* no es *faber* no es nada. Si el pulgar oponible nos hizo humanos fue para trabajar, no para masturbarnos mejor. Podríamos hacernos pajas sin pulgar oponible, pero no podríamos construir catedrales. Y por mucho que nos joda, nuestra naturaleza está más cómoda cuando construye catedrales que cuando se masturba. Es lo mismo que descubrieron los poetas y los filósofos. Nos importa el camino, no la meta. Porque vivir es caminar sin llegar a ninguna parte. Una paja es un destino, pero no estamos hechos para estancarnos en un sitio. Somos nómadas, nuestro carácter es errante. Siempre en movimiento, sin reposo. En la búsqueda es donde nos encontramos sin llegar nunca a encontrar nada. *Keep on movin'*. Por eso, los momentos de las certezas, esos instantes en que creemos haber dado con algo, son insoportables. Parecen el final de *2001*, de Kubrick. Lo importante es una habitación en Júpiter o más allá del infinito. ¿Quién querría vivir en una epifanía constante? ¿Quién quiere pasarse la vida contemplando una pantalla estática, en eterna carta de ajuste? Ahora que hasta las cartas de ajuste se han eliminado, ahora que todo es un bucle infinito, sin reposo, sin noche en la que perderse. Una vida sin desconexión, en movimiento continuo.

Yo no podría quedarme en lo importante. ¿Qué mente resistiría un abrazo eterno con la mujer que quiere? ¿Qué cuerpo soportaría la tensión extrema constante, el dolor inalterable, plano, homogéneo e infinito de un amor inabarcable e indomable? Titanes ha habido con psiques indestructibles, pero desearlo es propio de imbéciles. Esos poetas locos que persiguen la intensidad del dolor, inventándose su propia desdicha. Esos imberbes insoportables que ansían librarse de lo urgente para atender a la importancia de su ombligo. Todos esos aburridos desconocen el poder de lo que invocan y, si se les presentara la trascendencia que tanto anhelan, no la aguantarían ni un segundo. Huirían dejando una estela de humo, como en los dibujos animados. No saben que lo urgente nos libera. La vida nos previene de la propia vida. Por suerte, siempre hay demasiadas tareas por hacer. No es mejor la estética del trabajo. Simplemente, es la única soportable.

Lo urgente es también este libro. Con su escritura esquivo lo importante. Encaro la pena con palabras, y mientras resuelvo problemas de estilo, depuro el lenguaje y estructuro sus páginas, evito ser tragado por lo importante. Cuidar de los detalles literarios es mi forma de asirme al mástil y mantenerme al mando de la nave. De otro modo, me perderían las sirenas o me cegaría la contemplación del espanto amorfo y brillante que me rodea y me atraviesa.

Aquel llanto tras la reunión con las hematólogas fue el último que nos permitimos como pareja en Barcelona. A partir de entonces, no nos iba a dar tiempo más que para lágrimas solitarias y nocturnas, nunca acompañadas. Llantos de asueto, que no estorben el trabajo diario. Sin treguas ni respiros, nos enredamos en una disciplina castrense mucho más severa que la que conocíamos. Y nos habíamos acostumbrado a unos rigores muy duros. Establecemos turnos de veinticuatro horas en la cámara, un espacio de apenas tres por dos metros donde no hay cama para nosotros. Una butaca pequeña e incómoda es más que suficiente. Pablo exige atención constante y absoluta. No sólo para entretenerle con un par de juguetes y una tele —él, un niño acostumbrado a los arcones llenos de juegos y al flujo interminable de regalos que alimentan abuelos y tíos—, sino también para vigilar las continuas medicaciones. En algunos momentos, llega a estar conectado a ocho aparatos distintos, enterrado en cables. Los conductos se ocluyen, las bombas pitan, no hay reposo casi nunca. Cuando parece que empieza la calma y el sueño nos vence, otra enfermera aparece con una inyección nueva, con un cambio de pauta o con una noticia que no esperábamos. Las veinticuatro horas que pasamos con él son agotadoras, pero hay tanto por hacer que no nos da tiempo a pensar en nuestra condición de desgraciados. El preso puede meditar largo rato sobre su desgracia en la soledad ociosa de su celda. Nosotros, no. Sólo abandonamos la cámara para comernos un bocadillo rápido en la sala de juegos o, en muy contadas ocasiones, para ir al baño. Cris y yo nos encontramos a las diez de la mañana, al relevarnos, aprovechando que las auxiliares entran a asear a Pablo y a limpiar la habitación. Son quince o veinte minutos a lo sumo. Unos momentos de charla y abrazos y besos en el pasillo. Un qué tal la noche, se te ve cansado, aprovecha y date un paseo esta tarde, que hace un día estupendo. Pero, sobre todo, ¿han pasado ya las doctoras? ¿Qué han dicho? ¿Qué cara han puesto? (Las caras, siempre las caras, más importantes que las palabras, más significativas). ¿Les has preguntado lo que te pedí? Recados, urgencias, olvidos, recomendaciones, un par de chistes malos y nos separamos de nuevo. Uno se queda y el otro se marcha. A descansar. Presuntamente. Por delante, todo un día y una noche en Barcelona. Disfrutar del ocio es otra de las obligaciones que nos imponemos, una especie de gimnasia mental para mantener el ánimo en forma. Como si los enfermos fuéramos nosotros, tenemos prescritos paseos, visitas a exposiciones y cenas con los amigos en restaurantes del barrio de Gracia. Prohibido encerrarse a mirar la pared de la habitación. Prohibido ensimismarse en lo importante. Hay que atender lo urgente. Hay que mantenerse en el camino. *Keep on movin'*.

Desde el diagnóstico, mi hermano Pedro ha sido todo lo que las metáforas rancias atribuyen a los salvadores. Práctico y emotivo, se ha empeñado en ponérnoslo fácil. Ha construido una burbuja tan aislante como la cámara en la que su sobrino espera su nueva médula. Nos ha metido dentro y guarda la entrada. Es nuestro filtro hacia el exterior, y no pocas veces se traga su propio duelo —la angustia de ver sufrir a su querido Pablo, su niño, su único sobrino mimado— para rebajar el nuestro. Sacrifica sus vacaciones, nos dedica sus escasos minutos libres, arañando un tiempo que no posee, y viaja a Barcelona para asegurarse de que aguantamos.

Lo veo desde la cámara de aislamiento, que tiene un ojo de buey abierto a un pasillo donde las visitas pueden contemplar a los niños reclusos, como en un acuario. A través de un interfono, nos comunicamos con el exterior. Es todo tan carcelario y tan futurista, tan parecido al interior de una nave de ciencia ficción, que me mantengo en un estado permanente de asombro abúlico. Pedro viene con Cris, y Pablo salta de contento en la butaca. A él no le importa estar en una especie de acuario. Como los delfines y las focas, disfruta de las visitas, le encanta ver caras asomadas al ojo de buey. Ha aprendido una broma. El ventanuco tiene una persiana eléctrica que se acciona con un botón. Cada vez que viene alguien a vernos, lo pulsa y, mientras la persiana baja, sonríe y dice adiós con la mano al visitante. Se siente travieso. Me mira con su risa nerviosa, satisfecho de su fechoría. Le ha dado con la persiana en las narices, qué ingenioso y qué malvado. Yo me atribuyo el papel de cómplice. Ajá, se la hemos jugado otra vez. Creían que podrían vernos, pero hemos vuelto a cerrarles la ventana. Que regresen a por más, si se atreven.

Con su tío tiene otro juego que consiste en pegar puñetazos. Guiado por mis ánimos, le da una paliza hasta noquearlo. Pedro acerca la cara al cristal, y Pablo golpea. Su tío se tambalea hacia atrás, fingiendo haber recibido el golpe de su vida, y Pablo se ríe y vuelve a compartir su risa conmigo. Es un trabajo de equipo, soy algo así como su entrenador en esta carrera por el pugilato. Un rato después, Cris y mi hermano se marchan. A cenar por ahí, a tomar alguna copa y a sacudirse el olor a miedo y desinfectante. Y Pablo y yo nos quedamos cantando canciones de Bob Esponja, adormecidos de puro tedio, cansados de la nada y del frío que hace ahí dentro. Un frío antibacteriano, diseñado para evitar la propagación de bichos y que apenas afecta a los niños febriles allí encerrados, pero que mantiene a los padres ateridos. Envueltos en batas y sábanas estériles, como fantasmas de nosotros mismos.

Al día siguiente, me toca a mí gozar de unas horas de sol con Pedro. Desayunamos juntos, intento dormir un poco y salimos a pasear por el centro de Barcelona. Qué rara me parece la ciudad, con su gente cargada de preocupaciones groseras, de padres que no soportan a sus hijos y de modernos con bigote. Camino perdido y aprendo su geografía burguesa y limpia. Es un sitio fantástico, mucho más provinciano de lo que la mayoría de sus habitantes se atrevería a reconocer, porque pocas cosas hay más provincianas que el anhelo cosmopolita. Acabamos arrastrados por las calles de Gracia, y nos metemos en un garito que se llama Caléxico. Me hace gracia porque me gusta mucho la banda americana Calexico, que mi hermano no conoce. Creo que le tarareo algo que se parece a la canción «Victor Jara's Hands» y le explico que es un grupo de Tucson, Arizona, que trabaja con la música de la frontera y compone unas melodías sugerentes y progresivas con base de blues que se elevan con una sección de viento árida y mexicana. Parezco un locutor de radio, y para cuando termino de hablar me doy cuenta de que en el garito no van a pinchar Calexico, que su rollo es un rock mucho más convencional y ratonero. Pasamos la noche bebiendo gin-tonics deliciosos. No imaginábamos que el camarero de un sitio así tuviera tan buena mano para preparar las copas. Sin embargo, es un barman soberbio con una selección de ginebras digna de un Chicote. Hay un futbolín. Vamos a jugar al futbolín, tío, grito. Me pido el Barça. Mi hermano me gana. Mejor dicho, me vapulea. Tengo los brazos de mantequilla. Bebemos y reímos y me siento culpable por beber y por reír, pero al mismo tiempo no se me ocurre qué otra cosa puedo hacer. Pedro es divertido, ingenioso y con un sentido del humor muy parecido al mío. De niños no tuvimos relación de hermanos, pues nos separa un lustro de edad que, en la infancia y en la adolescencia, era un abismo sin puentes. Pero nos hemos encontrado en los meandros de lo adulto, orgullosos y reconocidos el uno en el otro. *Semper fratres.* Supongo que soy un cursi, que ya no me voy a reponer nunca de este exceso de azúcar que me provoca un cerebro frágil y siempre a punto de romperse, pero no idealizo nada. Quizá no encuentre la manera elegante de expresarlo. Mi hermano es un tío cojonudo. Y así se lo digo, con la incoherencia del borracho, con la lengua pastosa, patético y agradecido. Esos gin-tonics, esas partidas de futbolín, esa noche barcelonesa, esas risas. Son barreras contra la locura. Pedro sabe mantener en pie a su torpe y alcoholizado hermano. Cada visita suya a Barcelona —y hará muchas— me da ánimos para encarar unos cuantos días más en la cámara. No sólo lo siento yo. Cris disfruta cenando con él y con Noelia, su novia, aunque es Pablo quien más celebra la llegada de su tío. Va a venir el tío Pedro, cariño, le anuncio un rato antes. Y él se pone nervioso y espía por el ojo de buey, impaciente, saltarín, a la espera de que mi hermano asome la cara para pegarle un buen puñetazo.

Salgo a cenar con Santi y me siento leve. Es una visita rauda a Barcelona, un cariño urgente y necesario. Le llevo a un pequeño bistrot de comida catalana moderna que he descubierto con mis padres en el barrio de Gracia. Un sitio silencioso y umbrío donde se puede fingir la felicidad sin que nadie nos mire a la cara y se delate la impostura. Como siempre, quiero emborracharme, quiero beberme toda la botella de ese vino del Penedès o del Priorat o de donde sea, y hablar mucho hasta gastar todas las palabras. Mi necesidad de hablar es insaciable, y agradezco que la interlocución de Santi me libre de parecer un orate ante el resto del mundo, porque sería igual de locuaz si estuviera solo. Le contaría un montón de historias a su silla vacía o a su chaqueta colgada del respaldo.

Me acuerdo de Granada. ¿Sabes?, empiezo otra de mis verborreas sin estructura, mientras devoro sin modales el segundo plato. No creo que pueda ver nunca Granada. He estado en toda España y en casi todo Portugal, salvo en Galicia y en Granada. Es de gilipollas, ¿verdad? Lanzarse a recorrer América antes de conocer la Alhambra. Cualquier turista japonés ha saboreado el jugo primigenio de mi país y yo no puedo describir ni uno de esos atardeceres sobre Granada a lo Washington Irving porque no los he visto. Qué coñazo, Washington Irving, por cierto. Qué asco me dan los románticos de gitanas y moros de la morería que confunden el subdesarrollo con la autenticidad, y no sé si esto lo estoy diciendo o sólo lo pienso, aunque ya apenas encuentro diferencias entre el flujo cerebral y las palabras articuladas. Lo importante es que no he visto Granada y ya no quiero verla nunca más. Pensábamos viajar allí cuando Pablo enfermó. La semana del diagnóstico deberíamos haber estado viajando hacia el sur. Incluso habíamos alquilado un pequeño apartamento en el Albaicín, pero la fiebre de Pablo nos disuadió, cancelamos el viaje y ahora no quiero hacerlo si no es con mi hijo. En cuanto los médicos nos dejen, iremos a Granada.

Ya recuperarás ese viaje que se te jodió, me dice Santi, en apostilla intrascendente a mi charla sin sentido.

A mí no se me ha jodido un viaje, Santi, a mí se me ha jodido la vida, le respondo. Y enseguida me arrepiento de la solemnidad con la que ha caído esa frase, aunque sea cierta en toda su extensión. Santi está súbitamente serio. Quiere decirme algo pero no puede, como si tuviera alguna culpa, como si alguna palabra suya pudiera amortiguar un poco mi psicosis, ese miedo que me acompaña y al que no me termino de acostumbrar. Me acompaña de verdad, no en sentido figurado. El miedo es una presencia ajena a mí, pero que me sigue, que no está dentro de mí, sino a mi lado, delante, detrás, debajo y, a veces, encima. No quería ser lapidario, no quería estropear este vino ni la comida catalana moderna de este coqueto bistrot que no está preparado para recibir a personas como yo. Yo quería ser leve y borracho, ingrávido y gentil, como pompa de jabón, y me descubro machadiano perdido, abúlico, con un poema en el bolsillo que suena a nota de suicidio y una gabardina manchada de ceniza y de otras miserias. No soy buen amigo de mis amigos. No me merezco a ese Santi que se esfuerza por mantener mi cerebro sano y alimentar la ilusión de que la vida se parecerá algún día a la que gozamos juntos no hace tanto tiempo. Pobre Santi, contándome cosas que él tampoco se cree, empeñado en hablarme de sabores y de olores y de sonidos que ya no puedo sentir porque ya nada me sabe ni me huele como antes, y la única música que escucho tiene que ver con ciudades canadienses y vaqueros moribundos del sur de Texas y cantautores irlandeses de hígado necrosado. Qué frustrante debe de ser consolar lo inconsolable, acompañar a quien nadie quiere tener cerca.

Nunca sabrán, ni él ni Ana, nuestros dos mejores amigos, los otros tíos de Pablo, que su impotencia no es real, que nos mantienen unidos al mundo, que sin ellos hablaríamos solos con sillas vacías. Nada real nos daría la réplica. Ellos son el lugar al que queremos volver, y su constante recordatorio de que las puertas están siempre abiertas y de que nos guardan el sitio caliente que una vez ocupamos nos dibuja un futuro que Cris y yo somos incapaces de imaginar. Ojalá supiera cómo decírselo, en vez de escupir incómodas frases lapidarias sobre sus platos de comida catalana moderna.

Ya está aquí, me dice la enfermera. Le siguen las doctoras, como en una procesión tras un estandarte o una reliquia que transporta la primera de la comitiva. Ahí está, el zumo de las naranjas de la sangre, bien envasado. Me obligan a salir, no podemos presenciar el momento porque no cabemos todos en la cámara y una de las doctoras ha de supervisar todo el proceso. Me marcho, dejando a Pablo en brazos de una de sus amigas —las auxiliares se ganaron su cariño hace días—, pero antes de hacer mutis por la puerta acristalada, echo un vistazo a la bolsa. Roja brillante, parecida a la sangre, aunque mucho más densa, según nos dicen. Lleva una pegatina del laboratorio en la que alcanzo a leer el nombre de mi hijo y la leyenda *progenitors hematopoètics*. Ha llegado a tiempo. La trajeron en avión la noche anterior, desde algún lugar de Francia que no nos han revelado, y la han filtrado y analizado en el hospital. Ahora va a pasar al cuerpo de Pablo. Su nueva médula francesa. Va a entrar en él a través de un gotero, mezclándose con su sangre. Y ahí se quedará, durmiente, hasta que arraigue. En realidad, no es una médula, sino las células que, desde el torrente sanguíneo, se alojarán en el interior de sus huesos para generar una nueva médula. La vieja y enferma ya ha sido destruida, según indican los recuentos de plaquetas y de leucocitos. Se abren ahora unos días tensos y vacíos en los que sólo queda esperar y proteger el delicado cuerpo de Pablo. Cruzar los dedos para que ninguna bacteria traspase el cordón sanitario y confiar en que se produzca pronto la *subida*. Todos los indicios hablan de un renacer. Hasta el finísimo cabello que había empezado a cubrir su cabeza ha desaparecido de nuevo, devolviéndole al cráneo el brillo de la desnudez. Cocoliso, Cuque, ya tienes tu médula francesa. Ya eres un poco gabacho, como tu yayo. Tendrás que aprender a decir *merci beaucoup* a tu hermana del norte.

Escribo un montón de mails informando de lo que percibo como una especie de milagro. Una maravilla de precisión, talento y audacia. Y me dedico a aclarar a muchas personas que el trasplante no es una operación quirúrgica, que la infusión se hace por gotero, que hay que esperar unas semanas hasta ver el resultado... Pero es inútil, me siguen felicitando por lo bien que ha salido la intervención y me preguntan cuándo volvemos a casa.

A casa, dicen. Qué lejos está eso. Ojalá supiera no ya cuándo, sino tan siquiera si podremos volver. No puedo hacer entender a nadie que nuestro futuro no alcanza más allá de un par de días. Es todo el porvenir que somos capaces de organizar. A partir de allí, monstruos. El calendario es tan críptico para nosotros como el blanco de los mapas medievales. La semana que viene es un país muy lejano, y el mes que viene, un continente sin explorar. Tres meses son el espacio exterior, en las lunas de Júpiter o más allá del infinito.

En unas circunstancias en que —según nos dicen las doctoras— a un adulto le supondría un esfuerzo imposible la mera apertura de los párpados, mi hijo salta, juega y roba con habilidad de carterista a las enfermeras. No hay precauciones que prevengan sus ataques. Es muy rápido haciéndose con fonendoscopios y jeringuillas. Aunque lo más triste es que emplea esos instrumentos para jugar a los médicos consigo mismo. Se coloca las jeringuillas vacías en las llaves de entrada de los goteros y se inyecta una medicina imaginaria, en una imitación perfecta del trabajo de las enfermeras. También se ausculta el pecho tal y como se lo exploran las doctoras cada mañana. Conoce perfectamente la utilidad de cada trasto sanitario. Son sus juguetes. Los niños del exterior aprenden el funcionamiento de los columpios y de las videoconsolas. Pablo casi sabe poner en marcha una bomba de perfusión intravenosa. Lleva muchos meses conviviendo con ellas, las conoce mejor que cualquier parque y que cualquier juego. Las jeringuillas son su último descubrimiento. Ya no se contenta con inyectarse a sí mismo, sino que me las clava a mí entre las costillas, no sé si para curarme o para romperme la pleura. Sospecho lo segundo, por la saña homicida y la risa de psicópata que la acompaña. Y me parece bien. Sí, hijo, diga lo que diga Freud, hay que matar al padre. Cuanto antes empieces, mejor.

Para compensar los días que paso sin moverme en la cámara, doy larguísimos paseos por Barcelona. Desde Vall d'Hebron, en las faldas del Tibidabo, me descuelgo cuesta abajo hasta las Ramblas y el mar. Recorro las librerías y me siento en las esquinas en sombra de las terrazas con un libro y pido jarras heladas de cerveza hasta que anochece y no puedo seguir leyendo. Llevo varios días enfrascado en *El día del Watusi*, la trilogía de Francisco Casavella ambientada en la Barcelona de los años setenta y ochenta, y paseo por las calles donde transcurre la historia, confundiéndome entre realidades y ficciones y entre pasado y presente. Asumo la ciudad, me apodero de ella, traspasando sus tópicos y construyendo los míos propios. Cómo me gusta Casavella. Qué bien me sienta su prosa cargada y asfixiante, con explosiones de dinamita a la vuelta de cada página. Toda esa pasión y ese empeño por escribir la gran novela de Barcelona, el amor y el odio mezclados que siente por sus habitantes y sus calles, esa nostalgia de derrota acorazada en un nihilismo falso y esa innecesaria —y, por ello, sublime— complejidad narrativa. Su lectura me absorbe y me fascina. Hacía tiempo que un escritor español no me gustaba tanto. Me encanta su mala hostia sin curtir, su estilo viril y sin afeitar. Literatura potente y sabrosa, novelería pura sin resabios líricos. Pero, sobre todo, le agradezco que mantenga mi mente y mi cuerpo ágiles. Me obliga a recordar las pasiones que me identifican como antiguo letraherido. Soy literatura, vivo por ella. El día que lo olvide, estaré acabado. La lectura también entrena mi cuerpo. Leo la ciudad a través de la novela, y me muevo por sus calles sin usar otro transporte que no sean los pies. En mi obsesión por descubrir, como un Horacio Oliveira soberbio y enfermo, camino y camino y conservo los músculos de las piernas tersos. Me desengraso y recargo energía como una dinamo. Acumulo electricidad para los días de encierro.

Sordo gracias al iPod, casi ruedo por las cuestas del Carmelo hasta que me frena la plaza de Lesseps. Recuerdos literarios sincopan con imágenes la música que escucho, como en un videoclip torpe y resabiado. Escenas de Francisco Casavella, de Juan Marsé y hasta de Mercè Rodoreda se van amontonando en un delirio sentimental que se empasta con Ryan Adams o con Barricada. Porque he vuelto a escuchar a Barricada. Me recluyo en el útero musical de mi adolescencia. Puede que sienta algo parecido a la seguridad al escuchar sus estrofas y sus guitarras. Ven aquí, tenemos pasión por el ruido. Como animal caliente, su lengua violenta, tu boca. Escúpeme, escúpeme, que mi lengua va a recoger lo que quede de ti en el suelo.

Aunque nada me sosiega tanto como la noche de Saskatoon, que reproduzco una y otra vez en mis paseos. Camino por dos ciudades a la vez, una canadiense y otra catalana, y sólo salgo de ellas cuando pongo el *Rock and Roll* de Ryan Adams. *Everybody's cool playing rock and roll, but I don't feel cool feel cool at all.* Ya casi no hablo de mi pasión por este músico, harto de aclarar que su nombre no lleva B, que no tiene nada que ver con el blandito imitador de Jon Bon Jovi canadiense, ese cursi Bryan Adams. Éste es Ryan, cabrones, Ryan. El anticrooner.

En el fondo, sé que Ryan Adams es un niñato. Su pose trágica es la de un imberbe demasiado aterrado por la vida como para atreverse a vivirla. Sus dramas son de cartón, las lagunas románticas en las que se hunde no son más que vasos de agua del grifo. Quiere suicidarse porque se aburre. Pero, bien pensado, no creo que haya una razón mejor para el suicidio que el aburrimiento. Adams no se aburre lo suficiente. Supongo que la música le mantiene entretenido. Escribe canciones sobre suicidas, pero él no es uno de ellos. En su disco *Gold* —curiosamente, y como el título indica, su trabajo más luminoso y optimista— compuso una pieza titulada simplemente «Sylvia Plath», en la que expresa su deseo de haber poseído una Sylvia Plath. No estoy seguro del todo, pero creo que armé uno de mis mejores cuentos, «Malas influencias», bajo su influjo. Mi fabulación sobre Sylvia Plath está afinada en la misma clave que la suya. Ambos nos reímos de los tópicos románticos, de esas cenizas que caen sobre una copa un poco cargada de ginebra. Y, al mismo tiempo, hacemos un esfuerzo por entender el verdadero sufrimiento de Plath. Eso se llama tragicomedia, ¿no? Cuando alguien mete la cabeza en el horno, la única pregunta plausible es por qué. Pensar en meter la cabeza en el horno es razonable. Es un sentimiento que no precisa de explicación, a menos que a alguien le guste que le expliquen lo obvio. Pero meter efectivamente la cabeza en el horno y girar la llave del gas es algo muy distinto. Hay un momento indetectable entre el deseo y el acto, como una partícula fantasma que la física no ha identificado aún pero cuya existencia explicaría el suicidio. Mientras no se localice ese bosón de Higgs, no nos queda más remedio que especular sobre variables y causas. Yo apuesto por el aburrimiento. Si alguna vez llego a suicidarme, será por tedio. Ni siquiera la soledad me parece una razón lo bastante poderosa. Sólo si va acompañada de sopor lo es.

Pero que Ryan Adams sea un niñato, y sus angustias, las propias de un quinceañero pijo —esa búsqueda de salvadores y de padres adoptivos, esa necesidad de que alguien le lleve de vuelta a casa («Anybody Wanna Take Me Home») o esa desesperación por encontrar un oyente para sus penas, como en la versión cruda y desarmada que hace del «Wonderwall» de Oasis—, no significa que no esté dotado para percibir y transmitir una verdad del dolor. Si me atrae Adams es porque, desde la primera vez que mi amigo Joaquín me instó a escucharlo, adiviné en él una inteligencia instintiva y rabiosamente sentimental. Puede que no haya encontrado un dolor a la altura de su sentimiento, pero lo entiende. Quizá esté alterada por un temperamento depresivo y mentalmente enfermo, pero las canciones de Adams manejan una tristeza que pocas personas llegan a conocer en su vida.

Me siento imbécil paseando por Barcelona mientras razono sobre los delirios de un *songwriter* americano. Es completamente estúpida la manera en que intento conectar sus lamentos blueseros, que pertenecen a una tradición de tristeza arrabalera, esclavista y drogadicta (simplemente, Adams tiene el *blues*, como tantos otros músicos lo han tenido o sufrido antes que él), con mi dolor pequeño y recogido en el lar, vacilante como la llama de una vela. Supongo que se debe al carácter primario de la música. Quizá por su simplicidad, que no usa filtros, que se ancla en los gruñidos del paleolítico y se aloja como una bala en el núcleo reptiliano del cerebro. Es una explicación, pero no me hace sentirme menos estúpido o desamparado.

Me quito los auriculares y recupero el oído. Mi cuerpo lo agradece, como si saliera de una piscina. He llegado casi sin querer a la playa del Somorrostro, junto a un monolito que acaba de instalar el Ayuntamiento y que informa de que esa playa estuvo a punto de no llamarse así. O de que dejó de llamarse así durante unos años. Situada entre la Barceloneta y Poblenou, fue durante décadas una tierra de nadie, una transición entre la ciudad catalana y reposada de la exposición de 1888 (con su Ciudadela convertida en parque y su parisina Estación de Francia) y el caos charnego y proletario de las fábricas del norte que vomitaban sus ácidos sobre el río Besòs. Ni proletaria ni burguesa, la playa del Somorrostro sólo pudo ser lumpen. Miles de gitanos y de mesetarios miserables se apelotonaron en uno de los mayores asentamientos de barracas de la ciudad. Barracas o chabolas, lo mismo da. Aprovecharon una playa que los barceloneses despreciaban. Cuando querían bañarse, iban a Sitges o a Sant Feliu de Guíxols. A nadie se le ocurría tomar el sol en aquel arenal apestado por desechos industriales. Con las Olimpiadas, los habitantes de la ciudad —promotores inmobiliarios mediante— redescubrieron un mar que habían tapado con chimeneas y naves de hormigón, y no se contentaron con limpiar la arena de chusma gitana para dejar sitio a las sombrillas y los biquinis, sino que quisieron borrar hasta el recuerdo de su existencia, tachando su nombre flamenco de la toponimia municipal. Tras varios años de protestas y súplicas, el Ayuntamiento consintió en 2010 en devolver la denominación de Somorrostro al callejero oficial. De todo eso me entero leyendo los paneles expositivos que lo explican en la misma arena, en un intento fallido y trilingüe de amargar el baño de los turistas. Porque soy el único que los lee, nadie más se da por enterado.

Por eso creo ser la única persona que piensa en miserias mientras camina hacia el espigón. He leído que allí se rodó una película clásica sobre flamenco, *Los Tarantos*, y que en estas arenas nació Carmen Amaya. Drogado por las horas que llevo en pie, casi oigo las palmas espectrales que se batieron aquí. El flamenco es una música que nace del dolor, aunque luego se asiente en las farras de los señoritos. El flamenco es el blues hispano. En esencia, son lo mismo: expresiones musicales de una minoría marginal y paupérrima, popularizadas en su versión urbana, hacedoras de mitos religiosos y basadas en unas normas compositivas muy estrictas cuyo dominio nunca es suficiente para devenir maestro. Ni en el flamenco ni en el blues se trata de saber. La técnica es necesaria, pero lo fundamental es el sentimiento. Hay que tener el *blues*, el *feeling* o el *duende*. Si no lo posees, no importa lo bien que puntees la guitarra o lo desgarrada y versátil que sea tu voz. Ahora piso uno de los santuarios dolientes de una música visceral y rabiosa, y desde que me he enterado de ello al leer los paneles informativos, ya no puedo ver otra cosa. Quizá porque acabo de escuchar a un músico profundamente bluesero, perfectamente engarzado en una tradición que se remonta a los campos de algodón y puede que a África, y la comunión de ambas músicas se me hace más evidente. Gitanos y negros gimen un mismo dolor. Un lamento racial y de clase, una rabia económica muy distinta a la mía, pero acogedora en lo que tiene de humana. Me reconforto en la expresión del dolor ajeno, porque, al fin y al cabo, todos los aullidos se parecen, no importa su causa. Me siento en paz en esta playa que un día fue pena.

Busco un lugar para sentarme en las piedras del espigón. Hay muchos solitarios que hacen lo mismo. Tantos, que formamos una paradójica multitud de soledades, como si encarnáramos la manida metáfora de la desolación urbana, ese sentirse solo rodeado de gente que gruñen las canciones más idiotas del pop. Somos individuos en busca de cinco minutos de calma mientras contemplamos el sesteante movimiento del mar. Yo no soy meditabundo. No me solazan los paisajes ni tengo la paciencia necesaria para quedarme quieto sin hacer nada. De hecho, soy prácticamente insensible a la belleza natural. Me emocionan más una fábrica en ruinas o una estación de tren abandonada que una cordillera de montañas. Pero ante ese mar que tanto se parece al de mi infancia, porque es el mismo aunque no lo es en absoluto, me dejo dominar por una sensación ácida y totalizadora. Es un llanto que no rompe, que explota por dentro sin manifestarse en los ojos ni en la boca. Miro al mar, pero en la espalda siento el peso de la ciudad entera, insoportable, empujándome por el espigón. Fragilidad. Ésa es la palabra que me asalta. Qué frágil es mi familia, pienso. Y repito: mi familia. Me sorprendo pensando mi vida en esos términos. Creo que, por primera vez, soy consciente de tener mi propia familia. No una a la que pertenezco y en la que me encuadraron al nacer, sino mi propia familia. Hasta entonces, sólo he pensado en Cris, Pablo y yo. Padres e hijo, aunque no necesariamente una familia. Vidas compartidas, nada más, sin un concepto aglutinante. Pero ahora los invoco como lo que son: mi familia, a la que Cris y yo hemos dado forma. Y me asusta el contraste que hay entre la solidez y solemnidad del concepto *familia* y la fragilidad constante e inaguantable en la que vivimos. Puede que las novelas rusas estén hechas de esa tensión dialéctica. Es la primera vez que me siento frágil de verdad, y también es la primera vez que me siento responsable de una familia. No sé cómo ligar ambos sentimientos. Puede que su unión provoque una descarga de alto voltaje, incluso es probable que la haya causado ya, en forma de ese llanto interior que por fuera parece catatonia.

Un paquistaní se acerca y me ofrece una cerveza por un euro. La rechazo, molesto por la interrupción. Muchos solitarios de las rocas vecinas, en cambio, le compran latas. Las abren y beben largos tragos sin dejar de mirar un horizonte que empieza a sombrearse. Y entonces les envidio y me arrepiento de no haber comprado una. Busco al paquistaní con la mirada, pero no lo encuentro. Mierda. De repente, sufro una sed pirómana. Qué bien me sentaría ahora esa lata ilegal de cerveza.

Una tarde de tormenta torrencial en la que el Barça juega un partido muy importante porque va a proclamarse finalista de algo o a ganar no sé qué, visito a Javi. Quería llevarme a tomar horchata a una playa de Poblenou, cerca de su casa, pero la lluvia nos ha estropeado los planes. Acabamos en su salón, bebiendo cervezas Ámbar y comiendo chorizo con su hija. La sensación de hogar, acentuada por la lluvia furiosa, tan propia del Mediterráneo, y el cansancio que arrastro, que empiezo a no soportar, me abotargan. En el sofá, atendiendo a la hija de Javi, que algo sabe de la enfermedad de Pablo y pregunta por ella, me hundo en mí mismo y temo no poder levantarme nunca.

Cómo iba a suponer yo que un día iba a añorar la vida burguesa de la que siempre renegué. En instantes como ésos es cuando más me duele la conciencia de lo que mi hijo se está perdiendo. Que él no eche de menos lo que no conoce no me consuela. Me desplomo impotente. Padre inútil. Padre fracasado incapaz de darle a su hijo la más elemental de las vidas hogareñas. Me estoy perdiendo ese sofá, esa cerveza Ámbar y ese plato de chorizo. Se lo está perdiendo Pablo, y yo con él.

Javi es profesor en la universidad y está escribiendo un libro que parece que no va a terminar nunca. Lo ha aparcado para gozar de su hija. Todo es calma en él, tiene muy claro el orden de prioridades de su vida. Primero, su familia. Luego, su familia. Y, después, su familia. Está considerado un historiador muy dotado y brillante, pero, ahora, los oropeles de la academia no le seducen tanto. Aspira a una buena vida, y parece que la ha conseguido. Estoy harto de escribir de muertos, me dijo una vez. Pero no sabe cómo pasarse al bando de los vivos.

A los pocos días del diagnóstico, le llamé para decírselo, y aún tiemblo al recordar el llanto que le asaltó. Incontrolable, furioso. Lo negaba. No puede ser, Sergio, hostias, joder, me cago en la puta, no puede ser, no puede ser. Una semana antes de que el suelo cediera habíamos hecho planes para vernos en Barcelona y comer quizá en la playa. Qué lejos quedaba aquella semana. Cuando se tranquilizó, me dijo: La quimioterapia es una putada, es lo peor, una cabronada, pero es lo único que puede curar a Pablo. Aguantad. Bien lo sabía él. Recordé una comida, años atrás, en un restaurante de Zaragoza. Era la primera vez que lo veía desde que le diagnosticaron un linfoma. Estaba calvo, la cara le temblaba por algunos tics y se movía al ralentí, como si la gravedad le afectara más a él que a mí. Como suelo hacer, pedí algo contundente y carnívoro, un plato que sonaba a grosería al lado de las verduras leves que Javi comía sin hambre, masticando mucho, con cuidado de no agrietar más un sistema digestivo completamente destrozado. Creo que fue la primera persona afectada por la quimio a la que traté de cerca. *Devastación* era un buen sustantivo, se ajustaba bastante a la realidad. Me di cuenta de todo lo que ignoraba del cáncer, de lo poquito que dejan entrever los gruesos cortinones con los que el mundo, aún hoy, cubre la enfermedad.

Javi se curó, pero le ha quedado un recuerdo de dolor físico que le cuesta evocar. Se curó y emergió renacido, con una inteligencia emocional superdesarrollada, como si la quimio le hubiera otorgado poderes sobrenaturales o le hubiera descubierto el sentido de la vida. Sospecho que, en medio de sangrados y vómitos, sufrió alguna epifanía. Se entregó al amor. No creo que pueda expresarse mejor. Al amor a su mujer y a su hija. A su familia. Todo lo que hace y lo que dice transmite una autenticidad que he apreciado en pocas personas. No hay ambiciones que solapen sentimientos, no hay doblez, no hay estrategias. Javi es un tío que quiere sin condiciones ni segundos propósitos. Un tío que está harto de escribir de asesinos y de muertos, pero que lo tiene muy difícil para escapar de ellos.

Por eso temía y anhelaba su reacción cuando le llamé para contarle que Pablo tenía leucemia. Pocos se desgarraron tanto. Porque sólo él sabía a lo que se enfrentaba mi pequeño hijo, qué iban a hacer con su cuerpo frágil e inconsciente, qué dolores insoportables le iba a causar el veneno de los citostáticos. Lloró por nosotros, pero también por él. Y aún no le he agradecido lo bastante sus lágrimas.

En esta tarde de tormenta, intruso en una escena idílica de un hogar muy parecido al mío, abarrotado de libros y donde suena más la música que la tele, no me atrevo a agradecérselo. Cuando abrimos la tercera ronda de Ámbar llega Ale, su mujer, y los tres insisten en que me quede a cenar, pero me fallan las fuerzas. No sólo estoy derrotado de cansancio y necesito acostarme temprano, abrazado a las últimas páginas de *El día del Watusi*, sino que soy incapaz de integrarme en un cuadro de felicidad doméstica cuando mi lar está tan frío y abandonado. Sólo pienso en Pablo y en Cris en la cámara. Así que me excuso y Javi se ofrece a acompañarme hasta el metro. Ha dejado de llover y huele a asfalto mojado. La ciudad ha enmudecido, viajo prácticamente solo en el tren y no me cruzo con nadie. El Barça juega y Barcelona aguanta la respiración. Todo el mundo está en sus casas o en los bares, la mirada fija en las pantallas. Sólo los que vivimos al margen destacamos como blasfemias en las calles vacías, como animales necrófagos rotos de vergüenza y de hambre.

Hoy se despide Roberto. Recorre los pasillos y la sala de juegos, donde los padres que tenemos a nuestros hijos en las cámaras deglutimos comidas tristes. Camina emocionado, al borde del llanto tras sus gruesas gafas. Tiene quince años y ha sido una especie de hermano mayor para todos los chavales. Llegó con su familia desde Andalucía el mismo día que ingresaron a Pablo. Bulliciosos, desinhibidos, carcajeantes. Una corte de tíos y de primos que no querían dejarle solo en la última fase del tratamiento. A mí me daba mucho placer escuchar sus risas en medio de ese ambiente compungido y de velatorio. Roberto, grandote, de andares desgarbados y un pijama de adulto un poco holgado, era el rey de la fiesta. Todos los chavales querían jugar con él, y repartía ánimos a los padres más tristes. Cuando salía a comerme mi bocadillo anémico y me lo encontraba enseñando a un pequeñajo cómo montar un Lego o ayudando a una niña a colorear un libro, la comida me sentaba mejor. Volvía a la cámara de Pablo reconciliado conmigo mismo y mucho menos cansado. Ahora le van a mandar a casa y no da abasto para repartir abrazos, los ojos empapados. Levanta a las enfermeras menudas en el aire, improvisa alguna frase en catalán con su cerrado acento de andaluz oriental y ríe, ríe con todo el cuerpo. Si Roberto asegura que las cosas van a salir bien, ¿cómo no creerle? ¿Qué tragedias pueden desencadenarse en su presencia jocosa, siempre dispuesta a la farra? No hay niño triste al que no pueda hacer reír, todos le van a echar de menos. El hospital va a ser un sitio peor sin él, por mucho que nos emocione comprobar cómo la leve pelusilla que le cubre el cráneo empieza a espesarse y se convierte en un pelo de verdad.

Los padres veteranos en la vida hospitalaria distinguimos de un vistazo a los paisanos y a los extranjeros. Los paisanos pertenecen a nuestro mundo. Son padres, médicos, trabajadores sociales o voluntarios de las asociaciones de familiares. Nos distinguimos de los extranjeros en la forma en que sonreímos a los niños y en cómo les hablamos. No es que finjamos no ver sus cables conectados a las bombas de quimio, o sus ojeras, o su languidez anémica que no soporta cinco minutos de juego lejos de la silla de ruedas, o los costurones de una cabeza recién operada de un tumor cerebral, o los ojos tapados con parches. Lo vemos exactamente igual que los extranjeros, pero nada de eso nos oscurece la visión del niño. Quizá porque son nuestros niños y no los suyos, pero no sentimos congoja ni horror. Los conocemos por sus nombres, sus gustos y sus caracteres. Sabemos que Joan es muy culé y está deseando que los médicos le den permiso para ir con su padre al Camp Nou. O que Carlos detesta la comida del hospital y obliga a su madre a subirle bocadillos monstruosos de la cafetería, como si tuviera antojos de embarazada. O que cuando Natalia sale disparada con su correpasillos, lo más probable es que esté escondida en la zona de los despachos de los médicos, esperando que una auxiliar la encuentre. Los extranjeros sólo ven las bombas de quimio, las ojeras, los costurones quirúrgicos, las sillas de ruedas y los ojos tapados con parches. Por más que se esfuercen en aparentar que no les importa, la aprensión enturbia su mirada. Son condescendientes, impresionables y lerdos. Nos contemplan con pena y procuran no acercarse demasiado a esos pequeños monstruos. Es fácil reconocerlos por sus gestos: médicos de otras unidades de paso en la planta, burócratas de la administración que van a despachar con algún doctor, primos y tíos lejanos, operarios que cambian los filtros de la máquina de café... Extranjeros todos, torpes incapaces de disimular su incomodidad, empeñados en tratarnos con pena. Para algunos, incluso, somos su buena obra. Ésos son los peores. Invitados por la asociación de familiares o por alguna oenegé que anima los hospitales infantiles con payasos y actuaciones, por ejemplo. La mayoría son gente maravillosa que se ha involucrado en estas historias porque les ha tocado de cerca algún caso. Por tanto, no son, en rigor, extranjeros. Los voluntarios que se visten de payaso y organizan un cuentacuentos, por lo general, saben montárselo estupendamente con los niños. Pero hay una minoría cuyo propósito es *hacer el bien*, y obtendrían la misma satisfacción —puede que mayor— en un orfanato africano o en una cuestación de la Cruz Roja. Y se les nota. No saben disimular la compasión que les sacude el cuerpo entero. Por eso, los chavales los rechazan. Especialmente, los mayores, que empiezan a ser conscientes de su estado y han aprendido a dejarse intimidar por la contundencia definitiva del sustantivo *muerte*. Imbécil, pienso cuando me tropiezo con alguno de ellos. Idiota. ¿No te das cuenta de que la clave no consiste en fingir que no ves las bombas de quimio, las ojeras, los costurones quirúrgicos, las sillas de ruedas y los ojos tapados con parches? Los niños no te piden que niegues lo que para ellos es cotidiano. Simplemente, te reclaman que lo asumas, que lo integres sin condescendencia. No es tan difícil, pero no todo el mundo está dispuesto. El horror es más sencillo y grato al paladar.

Hay una subespecie de extranjeros especialmente repulsiva: los religiosos. Merodean en busca de padres tan inmunodeprimidos como sus hijos, aunque las defensas que aquéllos tienen derrotadas sean sólo mentales. Ofrecen asistencia logística y resuelven problemas prácticos, desde una simple comida casera hasta el cuidado temporal del niño ingresado para que el padre pueda descansar un rato o atender un recado. En realidad, ningún servicio que no ofrezca con dedicación y entusiasmo la muy competente y laica asociación de familiares de niños con cáncer. Generalmente, son señoras con aspecto de monja, que actúan amparadas por una parroquia o —lo más habitual— en nombre de alguna secta evangélica. Sus víctimas ideales son las madres solas, agotadas y resentidas con un marido que se ha dado a la fuga, que nunca aparece por el hospital y ha echado sobre ellas todo el peso de la enfermedad del hijo.

Lo descubro con Elisabeth, la severa y delgada Elisabeth, con quien me tropiezo constantemente en los vestuarios al salir de las cámaras de aislamiento. Ambos acostumbramos a comer temprano, y coincidimos en el salón vacío, frente a una tele que nadie ve. Yo mastico mi bocadillo en silencio mientras hojeo el periódico, pero ella nunca está sola. Casi siempre hay una señora mayor esperándola con unas fiambreras. Elisabeth remueve con el tenedor el contenido de algunas, come un par de bocados y cierra todo alegando que no tiene hambre. La mujer insiste, trata de forzarla, le argumenta que debe estar fuerte, pero es inútil, y cada día insiste un poco menos. Porque, tal y como sospeché desde el primer momento, lo que de verdad le preocupa es la nutrición espiritual de su pupila. Que coma o no le trae sin cuidado, pues me he dado cuenta de que su insistencia tiene algo de impostado y de que si de verdad quisiera que Elisabeth se alimentase bien, sería mucho más contundente. Si me dejaran, yo mismo conseguiría sin mucho esfuerzo argumental que se comiera por lo menos media fiambrera. Pero la benefactora está ansiosa por hablar de lo que ha ido a hablar. Las cuitas mundanas le aburren. ¿Has leído ya el libro?, le pregunta. Casi, me queda muy poco, responde. Bien, pues entonces, mañana te traigo el otro del que te hablé. ¿Tienes dudas?, pregunta. No, responde Elisabeth, entiendo que Dios es perfectamente justo y que Él mismo me enseñará el Camino si sé ver bien las Señales. Sólo temo no tener la suficiente Fe. Ay, Amiga, le dice la mujer, para Eso estamos a Tu lado, para reforzar Tu Fe, para que No dudes Nunca.

No soporto su forma de hablar en mayúsculas. Esa ansiedad por reclutar a cualquier animal herido que no alcance a lamerse sus propias heridas. Esa obsesión por cercenar cualquier esfuerzo mental en pro de un consuelo imposible. Parece que cobran una comisión por cada alma ganada para la causa. Se me atraganta el bocadillo a medio masticar.

Hace años, en un viaje por Estados Unidos, me confundieron con un judío. Paseábamos por Santa Mónica, en Los Ángeles, y un grupo de ortodoxos, con su indumentaria, su barba y sus rizos normativos, me asaltó con una pregunta imperiosa y agresiva: *Excuse me, are you Jewish?* Estuve a punto de responder que sí, por mi tendencia natural a mentir en las encuestas, pero mi instinto de conservación dijo que no. El grupo de beatones, que parecía tan ansioso por atraparme, perdió de inmediato todo interés por mí. Simplemente, dejé de existir, me volví invisible. Ni se molestaron en mascullar un *sorry* o un *bye*. Intrigados, les observamos desde lejos. Escudriñaban a los paseantes y se abalanzaban sobre todo aquel que tuviera un remoto aspecto judaico (me pregunto qué verían en mí, cuál es mi atributo semítico). Si acertaban, le amonestaban con folletos, dedos alzados y gritos. ¿Qué significaba aquello? Era el *sabath*, por supuesto. Cada viernes al atardecer, esos señores se apostaban en una zona comercial de gran afluencia para recordar a los judíos que debían marcharse a su casa para observar el *sabath*, que empieza con la puesta del sol. Si descubrían a un judío a punto de entrar en un cine, un restaurante o una tienda, le auguraban todo tipo de tormentos en la hora final. Por frívolo, por haber olvidado la ley de Abraham. Una escena grotesca que sólo concernía a los judíos. Los cristianos, en cambio, evangelizan a cualquier despistado que pase por su puerta. Además, utilizando todas las malas artes que la psicología barata pone a su disposición, con la caridad como bandera. Los judíos, para empezar, no quieren salvar a nadie que no sea judío. Además, como aquellos señores, no quieren convencer con buenas razones y libros de autoayuda, sino obligar con gritos y broncas. Me parece mucho más honesto. Al menos, no engañan. Contra la violencia se puede oponer violencia, es un juego justo. Pero contra la manipulación mental, los cerebros frágiles y trastornados no pueden nada, siempre estarán en desventaja.

Tiro el envoltorio de mi bocata y rebusco unas monedas para tomarme un café de la máquina del pasillo. Desde lejos, mientras bebo mi café a sorbos, espío a Elisabeth, que se dedica a asentir ante el discurso de la mujer. Asiente. Otra vez. Y una vez más. Por momentos, parece que se desdibuja. Su delgadez se estiliza aún más. Intenta volverse humo. No me da la sensación de que encuentre algún consuelo en la predicadora, pero sí que deviene más solemne, más seria y arisca. ¿Le reconfortará saber que su hijo sufre por causa de Dios? ¿Quiere más a un Dios que mata a su hijo que a su propio hijo? No consigo entenderlo, su coraza es impenetrable. Por más que busco, no hallo canales de empatía. No sé ponerme en su piel, como no sé ponerme en la piel de un enfermo mental. Para empatizar con otra persona, sus sentimientos han de ser traducibles, tenemos que compartir un código. Pero con Elisabeth siento que la comprensión es imposible porque ha decidido ser creyente antes que madre. Y eso me parece tan profundamente perverso que no sé cómo interpretarlo.

María, la más animosa de las auxiliares y una estrella de la planta por la que todos los niños sienten una debilidad incontenible, se ha propuesto convertir a Pablo en un culé. Cuando entra en la cámara para asearle o para cualquier otra cosa —a veces, para nada, simplemente para jugar un rato con él—, le canta el himno del Barça dando palmas. Venga, Pablo, canta conmigo: «Tot el camp és un clam...». Tras varias semanas de proselitismo, parece que ha conseguido su objetivo. Mi hijo no canta el himno, pero lo baila y lo acompaña de palmas y risas. No dejo de maravillarme ante el talento de María y de otras auxiliares, como Isabel, cuyo trabajo debería estudiarse en las escuelas de pedagogía. ¿Cómo logran ganarse el alma de unos niños asustados, aburridos y dolientes? Qué capacidad tienen para derribar los muros defensivos y doblegar al más tímido y deprimido de los chavales. Pablo, que a sus veinte meses ha conocido muchos más terrores que los que cualquier persona sufre en su vida entera y tiene motivos para asustarse de la brisa más suave, no teme quedarse a solas con ellas. Para demostrarlo, María nos deja espiarles mientras le baña, sin que él nos vea. Cris y yo nos asomamos al ojo de buey y contemplamos a un Pablo disfrutón y plácido, sentado en una enorme palangana llena de agua caliente y jugando con el bote de jabón, empapando toda la cama, como un gamberro. A su aire, despreocupado y feliz.

Yo también soy culé. En realidad, soy de María. Su segundo mayor admirador. Porque el primero es mi hijo.

Os vamos a sacar de cámaras, nos anuncia Izaskun. Suspiramos de alegría, pero ella no parece muy contenta. Pablo ha dado positivo en un adenovirus, nos cuenta, así que no podemos firmaros el alta, pero sí trasladaros a una habitación normal. Necesita tratamiento contra este nuevo bicho.

La habitación es grande y recibe luz natural. Desde ella se ve parte de los columpios que hay en la explanada frontal del Vall d'Hebron. No llevamos mascarillas, no vestimos ropa estéril. Pablo tiene muchas ganas de moverse y yo le grabo en vídeo con el teléfono móvil. Mi hijo se mueve, tiene sitio para caminar, le han dado un premio en forma de aire. Filmo sus pasos por la habitación sujeto de las manos de Cris. Los tres gritamos, absurdamente celebrativos, y Pablo ruge. Es la última gracia que le he enseñado. No paramos de inventarnos idioteces que nos dan mucha risa. Ruge, cariño, ruge, le grito. Y Pablo mira a cámara, abre la boca, y lanza un argggggg que suena más dulce que fiero. Uy, qué miedo, qué rugido más grande. Corretea por todos los rincones y me cuesta seguirle para mantenerle dentro del plano. Se enreda con los cables de la bomba, me tropiezo con los muebles. Parece que se escapa de mí, pero en realidad me provoca para que le siga. Se vuelve constantemente para asegurarse de que no me pierdo ni un solo movimiento, y si alguna vez no me encuentra al primer vistazo, me llama. ¡Atá!, grita en tono exigente, como reprochándome no haber estado más atento. Atá está aquí, cariño. Atá no se perdería esto por nada. No quiero ver nada que no seas tú. No quiero otra cosa que nosotros, los tres, una familia junta al fin.

Hace un mes y medio que no coincidimos en una misma habitación.

Sigo grabando sin ganas de parar. Quiero registrar cada rugido, cada risa, cada travesura. Pero Pablo, que camina lanzado hacia la cama, frena en seco, se vuelve hacia mí, mira a cámara y dice adiós con la mano, sin dejar de sonreír. Es hora de cortar. Adiós, adiós. Vamos a jugar sin testigos.

El primer día de libertad asusta a Pablo. Los coches, la gente y el sol le incomodan. El mundo fuera de la burbuja no es tan prometedor como parecía desde dentro. Vive un segundo nacimiento, una segunda fuga del útero, y ha de acostumbrarse de nuevo al tacto rugoso y seco del exterior. Intentamos suavizarle la transición, pero es difícil luchar contra sus vómitos, su inapetencia y su sueño. Duerme mucho, todo le fatiga, y no logramos que vuelva a comer con ganas.

Casi cada mañana acudimos al hospital y nos sometemos a la rutina clínica. Hemograma, goteros, espera en la puerta de la consulta, exploración, auscultación, necesitáis recetas, vamos a reducir la dosis de ciclosporina para provocarle más EICH, necesitamos más EICH, baja a la farmacia del hospital a por más voriconazol, cada frasco cuesta mil euros, te espero en la calle, se ha hecho tarde, ¿quieres que comamos una pizza donde los argentinos?

Vamos a los argentinos porque está a mitad de trayecto del hospital y tienen una pequeña terraza. No podemos ir a restaurantes sin terraza. Nuestra vida es completamente exterior. Me encantan las empanadas de los argentinos. A Pablo, también. Es de las pocas comidas que devora con placer, pero tenemos que asegurarnos de que no muerde una de las picantes, y no es fácil vigilar su mano rápida y aficionada a la traición. Empanadas picantes, cerveza fría y las risas de mi familia. A ratos, reúno el atrezo suficiente para fingir que soy feliz.

Por las tardes gozamos de algo parecido a una rutina de familia de vacaciones. Paseamos por la ciudad, comemos helados y compramos libros. Sólo cuando volvemos a casa recordamos que no estamos curados. Lo vemos en la tirita que cubre el bulto del reservorio en el pecho de nuestro hijo. Lo vemos en cada una de las decenas de veces en que nos lavamos las manos, obsesionados por la higiene. Lo vemos en la forma paranoica que tenemos de vigilar que Pablo no se meta objetos en la boca y no toque nada que no esté debidamente limpio. Pero, sobre todo, lo vemos en el último ritual del día, que programamos justo después del baño y antes del último biberón. Lo hacemos así para que el disgusto no le estropee el goce de chapotear en el agua y para que el sabor de la leche caliente le consuele del mal rato. No hay nada en nuestra vida dejado al azar. No improvisamos, todo tiene una razón de ser, todo lo que hacemos está cuidadosamente pensado para relativizar el sufrimiento. Porque sólo podemos atenuarlo, no eliminarlo.

Cada noche, mientras su madre le seca y le pone el pijama, tengo que preparar entre seis y ocho jarabes que Pablo no quiere tragar. Hemos de inmovilizarle y forzarle a tragar una cantidad grotesca y carísima de medicina que, me consta, sabe a mierda. Hay fármacos antirrechazo, antifúngicos, tres tipos distintos de antibióticos, protectores estomacales, suplementos de potasio y otras cosas que ya sólo identifico por sus colores y texturas, no por su función. Como soy el fuerte, el macho alfa de la manada, me corresponden las tareas brutales. He de asegurarme de que Pablo traga los medicamentos sin escupirlos y sin vomitarlos después. Para ello, he desarrollado una técnica de la que no me siento orgulloso, pero que se ha revelado muy eficaz y rápida. Para ejecutarla tengo que desdoblarme y fingir que no soy su padre durante un rato. Adopto un rol profesional, de enfermero serio y disciplinado que no se conmueve ante las resistencias del paciente. Subordino todos mis sentimientos al deber del soldado. Es por su bien, me justifico, como un nazi se excusaría diciéndose que trabaja por el bien de Alemania. Ni siquiera me disculpo ni le confieso mi admiración por ingerir unas sustancias que a mí me harían vomitar con sólo olerlas. No le susurro que lo siento. Simplemente, te los tienes que tomar, cariño, te pongas como te pongas, le digo con sequedad. Porque si no soy capaz de hacértelos tragar, volveremos al hospital.

Y eso, me aseguran, es ser un buen padre. Es decir, que sólo fingiendo que no soy su padre puedo aspirar a serlo de verdad. Cuánto me gustaría convertirme en uno de esos progenitores pésimos y felices que no tienen que inventarse su propia versión de los manuales de la Gestapo.

El verano en Zaragoza siempre me ha resultado insoportable, pero este año no noto el calor. Es posible que no haga tanto como es habitual, aunque no estoy seguro. Ya no me fío de mis sentidos ni de mi forma de percibir el mundo. De vez en cuando, nos atrevemos a dejar a Pablo a cargo de mis padres y salimos a cenar. Solos o con nuestros amigos. Siempre alucinados, siempre con un brillo de locura y ansiedad en los ojos. Mis padres tienen que venir a nuestra casa, pues Pablo no puede estar en otras casas que cultiven otros gérmenes, y tomamos la copa de después de cenar deprisa, pendientes del reloj, para no abusar de los canguros. Pero también porque nos hemos acostumbrado tanto a compartir todo el tiempo con nuestro hijo que no soportamos una separación larga. Cuanto más nos empeñamos en parecer una familia normal, más extraños nos sentimos.

Pasamos parte de la semana en Barcelona y parte en Zaragoza, y aunque la rutina es agotadora, nos encanta. Como no conduzco, ejerzo de pinchadiscos y de animador infantil a la vez, y no sé con cuál de las dos actividades disfruto más. Pablo cada vez se encuentra mejor, le han retirado parte de los jarabes y empieza a tener más hambre. Aunque lo que más nos ilusiona es la pelusilla que le cubre la cabeza, como una floración que confirma que hemos devuelto la fertilidad al yermo. La promesa de una huerta en una tierra que un día fue arrasada. Son tantas las señales que fuerzan el optimismo que hasta nos atrevemos a hacer planes para el futuro. Puede que yo insinúe la posibilidad de hacer un viaje tan pronto nos den permiso las doctoras.

Hasta es probable que haya propuesto un destino tranquilo y fácil. Retomo algunos de mis contactos de trabajo y rastreo por primera vez el calendario como un mapa detallado y seguro. Soy capaz de imaginarme dentro de unos meses, puedo aventurar plazos de entrega y presumir tiempos y agendas.

Pienso mucho en un cuento de Edgar Allan Poe titulado «Manuscrito hallado en una botella». Cuenta la historia de un barco fantasma que navega por los mares de Oceanía envuelto en una densa nube. Ahora siento que he escapado de él, o que los vapores que nos rodeaban se están disipando, y por fin podemos fijar un rumbo y observar la línea del horizonte. Vuelvo a mi yo marinero para construir metáforas e imágenes antañonas sin vocación de originalidad. Vuelvo a mi yo cursi, encendido por el ocaso del verano levantino, con las manos pringadas por el jugo de las naranjas de la sangre.

Algunas tardes, persistimos en nuestras visitas a las playas del Somorrostro y de la Barceloneta, y Pablo, cada vez más alegre y confiado, como si la bruma espectral también se estuviera deshaciendo a su alrededor, nos señala el mar y dice con su voz segura y dulce: Agua. Qué bien pronuncia la *g* de *agua*. Porque al fin se ha convencido de que el mar es agua, que sus padres no le mentían cuando le informaban de qué estaba hecho ese magma rugidor y azulado. Quizá, le digo a Cris, también teníamos razón cuando le dijimos que se iba a curar. Su cuerpo firme y de dibujo nítido, emergido de la niebla, lo confirma.

Los protocolos médicos, sin embargo, exigen otra confirmación. Al parecer, la gracia y el entusiasmo con los que Pablo señala el mar en los atardeceres de Barcelona no son una prueba clínica concluyente, por lo que Izaskun nos anuncia que ha programado una punción medular. Nos encogemos de dolor, como si nos acabara de pinchar a nosotros con su enorme aguja para atravesar huesos, pero sonríe abiertamente: Va a salir genial, no tengo ninguna duda. Miradlo, mirad cómo está, y señala a un Pablo sonriente y gritón empeñado en coger y tirar al suelo todos los muebles y aparatos de la consulta.

Vivimos la semana nerviosos, sin atrevernos a decir con palabras lo que no dejamos de decirnos con los ojos, y llegamos al día de la punción con los músculos rotos. Yo he dejado de dormir, empiezo a pasarme las madrugadas leyendo y viendo películas. Puede que mañana tenga ya un primer resultado, nos comunica Izaskun mientras Pablo se despierta de la anestesia. Os llamaré con lo que sea.

El análisis detecta un 0,024 por ciento de células marcadas como XY. Es decir, células con cromosoma masculino. La donante de médula es mujer, por lo que sus células están marcadas como XX. Esto quiere decir que persiste algo residual de la médula enferma de Pablo, un grupo de células que no sólo ha resistido a la quimioterapia más devastadora sino al propio trasplante. Ya sabíamos que la leucemia de Pablo era muy agresiva y complicada, y esto no hace más que confirmarlo de nuevo, nos dicen. Nos proponen programar una punción la semana siguiente para comprobar si la nueva médula es capaz de absorber ese residuo de la vieja. Si desaparece o no se detecta crecimiento, no tendremos por qué preocuparnos. ¿Y si no?, preguntamos con los hombros encogidos y la cabeza atortugada dentro de un caparazón que ya sabemos que no existe. Si no, le haremos una transfusión de linfocitos de su donante. Hemos contactado con ella para que, en caso de que los necesitemos, dispongamos de ellos lo antes posible. Esos linfocitos provocarán una reacción injerto contra huésped que, confiamos, acabe con esas células afectadas por la leucemia.

La maquinaria hospitalaria vuelve a ponerse en marcha, pero estamos demasiado cansados para sentir ninguna emoción. La bruma ha vuelto a cubrir nuestro barco y el calendario es de nuevo ese mapa en blanco lleno de monstruos.

Vamos a esperar los resultados del hemograma de hoy antes de mandaros a Zaragoza, nos dicen, y nos quedamos quietos, sentados en la sala y preguntando cada poco rato por unos resultados que se retrasan más que de costumbre. Ya sabemos demasiado bien lo que significa un retraso en los análisis. No tiene nada que ver con la sobrecarga de trabajo o con la torpeza de los técnicos del laboratorio. Conocemos las tripas del hospital lo suficiente como para suponer que esa tardanza significa que el hemograma está siendo revisado por los supervisores y repetido a partir de otra muestra de sangre que siempre se reserva para esos casos. Y si se repite es porque ha arrojado unos valores anómalos que han hecho saltar las alarmas del programa informático. En otros enfermos, la repetición del análisis confirma un error humano o técnico, pero con los niños con cáncer sólo se consigue confirmar los valores iniciales, generalmente absurdos, pero que encajan a la perfección con un cuadro oncológico.

Así que, cuando la doctora nos confirma que ha recibido los resultados, ya sabemos que no vamos a volver por la tarde a Zaragoza. He programado la punción medular para mañana, nos informa, muy seria. No puedo esperar una semana. En el hemograma se aprecia un derrumbe del recuento de plaquetas demasiado brusco y fuerte como para atribuirlo a una oscilación. Algo está pasando en esa médula y necesitamos saberlo ya.

Lo malo de saber demasiado es que nos negamos el refugio de la ignorancia y el cálido y húmedo consuelo del autoengaño. Cris y yo no nos decimos nada por la calle. Sólo lloramos, y ni siquiera nos molestamos en tratar de animarnos el uno al otro. Yo, sin embargo, busco argumentos en mi cabeza y los encuentro. Me insto a esperar los resultados, me digo que la caída de plaquetas es habitual después de un trasplante. Son oscilaciones propias del ajuste de la médula, según nos han advertido y hemos leído. Me conmino a no asustarme hasta que no confirmen la certeza a la que apuntan los indicios, pero también sé que el momento de sentir miedo es ahora. Porque, después, lo que sentiré estará mucho más allá del terror. Será como sentarse en una habitación de hotel situada en Júpiter o más allá del infinito.

En uno de los sueños, Cris está embarazada y el feto tiene la cabeza baja. Esto es un problema, dicen los médicos, pero no se preocupan mucho, aunque nuestro pediatra lleva la barba descuidada y unas ojeras dolientes. De pronto, Cris ya no está embarazada y paseamos por un pueblo con mar con un niño pequeño, de unos dos años, de la edad que tendría Pablo. El niño corre delante de nosotros. El niño corre y yo casi soy feliz por verlo correr y porque el problema de la cabeza baja no haya tenido consecuencias. Pero el niño corre demasiado y quiere bajar a la playa por una rampa de madera. Cris grita que se va a caer, y yo le llamo antes de perseguirle. Le grito: Pablo, espera, que te vas a caer. Y al instante me corrijo. No, ese niño no es Pablo. ¿Cómo se llama?, me pregunto. No le hemos puesto nombre. Joder, no le hemos puesto nombre, grito mientras corro. El niño que no es Pablo resbala en una de las primeras tablas de madera y cae a la arena desde una altura de un par de metros. Dios mío, no se mueve, grita su madre. Salto desde la rampa y llego a donde yace el niño. Está boca abajo. Mientras le doy la vuelta con cuidado, noto que Cris me ha alcanzado y está detrás de mí gritando que no se mueve, que no se mueve, que no se mueve. Tendido boca arriba, tiene los ojos muy abiertos y mueve las piernas y los brazos como si nadara. Mira al cielo, no nos ve. Y yo quiero llamarle pero no me sale su nombre. Sólo sé que ese niño no es Pablo.

Si Pablo fuera mi personaje, no habría muerto. Viviría para siempre en una habitación de hotel, como el astronauta de Kubrick. En Júpiter, o más allá del infinito. O en las páginas de un libro que su padre escribiría sin responder nunca a la pregunta de por qué lo escribe. Si Pablo fuera mi personaje, se montaría en un avión con Cris y conmigo y volaría a Saskatoon. Y le instalaríamos en una habitación muy grande llena de juguetes de Imaginarium comprados en un aeropuerto y decorada con dibujos de Álvaro Ortiz y de Agnes Daroca y con fotos de Pedro Hernández. En una casa de dos plantas y tejado a dos aguas, acorazada por radiadores de dos metros de altura. Pasaríamos el invierno calientes y contándonos cuentos de cuando Pablo rugía a las enfermeras, y por la noche, después de acostarle, yo me iría a dar una vuelta en coche por las calles de Saskatoon. Y puede que me encontrara con unas chicas rockabillies bebiendo cerveza en el porche trasero de la casa de un vecino. Si yo pudiera inventarme esta historia, comeríamos tantas perdices que nos saldrían picos y alas. Y no habría nadie en todo Saskatoon, ni en todo Canadá, ni en todo el hemisferio norte, que se riera tan alto y con tanta alegría como mi hijo.

Pero esta historia la han escrito otros por mí. Yo sólo la estoy llorando.

4. La hora violeta

Es el calor, y no la pena, quien no me deja dormir esta noche. La tormenta que amaga desde el comienzo de la tarde ha descargado al fin, y su brisa cargada de ozono me desvela aún más. Sin hacer ruido, cierro la persiana del dormitorio donde Cris parece dormir. La lluvia suele colarse por esa ventana y algunas gotas resbalan ya por el radiador. Me comporto como un sensato hombre de su casa, obligado por instinto a protegerla de los elementos. Para dejar abierta una rendija utilizo un par de libros viejos que erigen un tope entre la persiana y el alféizar. La persiana está rota y sólo admite dos posiciones: completamente subida o completamente bajada. En vez de arreglarla, colocamos unos libros, que se malogran también a fuerza de exponerse al viento y a la lluvia.

La persiana se rompió hace muchos meses. Fue la primera de las cosas que se estropearon y cuya avería sobrevino a modo de augurio, como si el piso nos quisiera prevenir o se lamentara por anticipado. Desde que enfermó Pablo, los aparatos se nos han ido rompiendo, ejecutando una metáfora eléctrica y mecánica de la ruptura de nuestro hijo. El lavavajillas, estrenado cuando él nació, dejó de lavar a los pocos días del diagnóstico. Las bombillas se han ido fundiendo sin que nadie las cambiara. Primero se apagó una del baño, y después le siguieron las dos de la entrada y otras dos del pasillo. La lámpara del comedor se cayó durante una comida con amigos pocos días antes del final. Tras morir Pablo, decidió fundirse uno de los fluorescentes de la cocina. Por último, se apagó la bombilla halógena de mi lámpara de lectura, la que entretiene mis noches en vela. Estos dos últimos pueden ser mensajes de mi hijo. El primero no lo entiendo, pero el segundo es una invitación a irse a la cama. Pablo siempre quería que me fuera a la cama.

El frigorífico se averió mientras estábamos en Barcelona, y el televisor murió una semana antes del diagnóstico. El iPod ha sido el último aparato en fenecer. Avisos y lamentos, augurios y mensajes. Los objetos se ponen de acuerdo para romperse uno detrás de otro, con ritmo fúnebre, con obsesión reiterativa de mal escritor que subraya los símbolos, atascado en un pleonasmo infinito. Toda nuestra historia parece compuesta por un narrador mediocre que no acierta con el ritmo ni los clímax y recurre a tropos manidos y previsibles. Todo suena tan desquiciadamente obvio que temo no ser creído. Vivo en una casa que se empeña en ser personificada. O es mi soledad la que se esfuerza por personificarlo todo y por ver causas y efectos donde sólo hay casualidades. Por eso digo que es el calor quien causa mi insomnio. No *el que* causa mi insomnio, sino *quien* lo provoca. Quien y no que. Las cosas, los elementos y hasta los sustantivos que los nombran adquieren voluntad o se impregnan de la que a mí me falta.

Atribuyo vida a los objetos porque objetos son lo único que me queda. La mayoría, metidos ya en cajas, listos para ser guardados en desvanes ajenos hasta que estemos preparados para volver a tocarlos y olerlos y escucharlos. Pablo, ropa de 9-12 meses. Pablo, sábanas cuna y ropa de cama. Pablo, juguetes. Pablo, Pablo, Pablo, Pablo. Su nombre escrito en rotulador sobre cajas apiladas en una parodia de mudanza, con asepsia impostada e insoportable.

Todo está listo para empezar a olvidarle. Dentro de unos días nos iremos de viaje. Primero a Turquía, y luego a Alemania. A cualquier ciudad que no nos recuerde a él, a cualquier sitio que no tenga atrapado el eco de sus carcajadas en el mortero de sus ladrillos. Es una huida que forma parte de la Operación Supervivencia, Operación Día

Siguiente, Operación Resto de Nuestra Vida. Seguimos los pasos del duelo con disciplina, como alumnos aplicados. Sólo el calor, con el insomnio que me provoca, altera el curso deseable de las tareas y levanta un clima de melodrama que empieza a no estar bien visto.

No es sano que las noches se pasen en vela. No está bien escribir a las cinco y media de la madrugada. Debería tomar drogas para evitar estos momentos y para apaciguar este dolor tan impúdico. Un Valium, quizás. O un Tranxilium. Yo preferiría un porro bien cargado, pero hace mucho tiempo que no fumo y no sé a quién recurrir para conseguirme un par de gramos. Comprar droga no es tan sencillo para un padre de familia pequeñoburgués y adocenado que ya apenas conoce los garitos nocturnos de su ciudad. Tampoco está bien drogarse. No de la manera en que a mí me gustaría. Se aceptan y se recomiendan las drogas de farmacia, los comprimidos con nombre terminado en -um sin connotaciones lúdicas ni mesiánicas. Del resto de químicos es mejor ni hablar. Evocan debilidad, transmiten miedo. El duelo se pasa a pelo o con viajes controlados a la farmacia, pero nunca con camellos.

En la soledad de las persianas bajadas hasta el tope improvisado de libros, la pena se concentra en los objetos animados que se quejan y se estropean y se encierran en cajas debidamente rotuladas. La pena transfiere a los objetos el amor que no puede derramarse sobre la carne. Añoranzas de un cuerpo que ya no podremos besar ni acariciar ni bañar. Un cuerpo que se congela en miles y miles de fotos.

Privados de la carne que todavía no habíamos empezado a desligar de la nuestra, esparcimos amor por todos los objetos de la casa. Por una simple pulsión biológica, por una necesidad animal. Mamíferos asilvestrados que persiguen el olor de su cría por los rincones de la jaula. Lobos aulladores, gorilas locos. Eso somos en cuanto nos quedamos a solas.

175

Mañanas de Berlín. Paseos de final de verano. Antes de cruzar el pequeño brazo del río Spree que marca el límite de la Isla de los Museos, en una zona residencial de grandes bloques estalinistas rodeados por suaves jardines, me encuentro con un hombre que llora. Está sentado en la hierba de uno de esos jardines, con los pies en la acera y una enorme mochila roja al lado. Llora desconsolada e impúdicamente, con las manos en las rodillas, mostrando toda la cara congestionada y distorsionada en una mueca munchiana. Su llanto es fuerte y rudo, en el apogeo de la desesperación. Hay poca gente en la calle, sólo yo voy a pasar por su lado, y lo hago acelerando y bajando la vista. Quizá en otro tiempo me habría acercado con la esperanza de que el hombre chapurrease un poco de inglés, y le habría preguntado si le podía ayudar en algo. Pero ese llanto no emerge de una pena convencional. Esa desesperación no proviene de algo que puedan solucionar las falacias oportunistas de un libro de autoayuda. La vida de ese hombre se ha roto por algún sitio imposible de arreglar. Y puede no ser una casualidad que llore mirando a la calle, proyectando su dolor al mundo entero, como echándoselo en cara. Paso rápidamente junto a él, con mucha vergüenza, diciéndome que no puedo ni podré ayudar nunca a nadie, que estoy absolutamente incapacitado para consolar al prójimo o para ofrecer un alivio que yo mismo no encuentro ni para mí. Y mientras le dejo atrás y los setos y el tráfico amortiguan sus hipidos, creo adivinar —o mi mala conciencia lo imagina para martirizarme— que me ha lanzado una mirada justo antes de que yo bajara la mía. Tengo la certeza vergonzosa de que ha buscado mis ojos, de que ha reclamado la amabilidad de ese desconocido que aprieta el paso y finge estar sordo y ciego. Vacilo un instante y pienso en dar la vuelta y ofrecerle quizá unos euros por si tiene que llamar a alguien o tomar un taxi que le lleve a alguna estación, ya que la delatora mochila roja sugiere un estado nómada. Bastante bien sé lo mucho que se agradecen los pequeños gestos cuando la desesperación arrecia y no se puede manejar. Me detengo y a punto estoy de girarme, pero al tragar saliva y cerrar los ojos para ensayar lo que voy a decirle, vuelvo a ver el cadáver de mi hijo. Tendido en mi cama, con la cabeza inclinada hacia la derecha. Y acelero el paso, casi corro, a encerrarme en el hotel.

Dormimos muy bien. Como si no hubiéramos dormido nunca. Las camas de los hoteles, suaves e industriales, invitan a no salir de ellas. La luz tamizada que desde muy temprano envuelve la habitación tiene un poderoso efecto narcótico. Nos levantamos muy tarde y desayunamos en un pequeño local que parece una especie de pastelería. A veces, tomamos sencillos cafés. Otras, platos rebosantes con queso, embutido, huevo duro y una cesta de pan para untarlo con mantequilla. Comemos, dormimos y paseamos. Y, de noche, interrumpimos la cura de reposo para admirar la anatomía neumática de las putas de Oranienburgerstrasse. Putas que parecen dibujadas por un Moebius voluptuoso. Putas galácticas de cuerpos imposibles. Putas a las que no se les ve el truco, quizá modeladas con bisturí y aparatos de gimnasio, pero reales. Niñas monas, carnes sutiles envueltas en ropas de fantasía putera, mujeres a las que es difícil imaginar manoseadas por un viejo aldeano con los calzoncillos sucios. Mujeres que sólo deberían follar con hombres tan fantásticamente diseñados como ellas.

Dormimos, comemos y admiramos los cuerpos de las putas de Oranienburgerstrasse. Dejamos que los días pasen ingrávidos como nubes blancas empujadas por la brisa. Levísimamente narcóticos. Hasta que llega el momento de volver. Hasta que tenemos que cerrar el paréntesis de la primera parte de la Operación Resto de Nuestra Vida.

Regresamos sin ganas en un vuelo incómodo y desagradable. A mi lado se sienta una joven española que no se ha cambiado de ropa en mucho tiempo. Es una niña mona. Sin la espectacularidad de las putas de Oranienburgerstrasse, pero mona y bien plantada. Su olor, sin embargo, es insufrible. No es un olor corporal, es su ropa la que apesta. Ropa que lleva demasiadas horas pegada a su cuerpo o que ha sido puesta y repuesta incontables veces. No lo soporto. Intento dormir, pero el avión no se parece a la cama de un hotel y el olor me hurga las narices y me hace cosquillas en el cerebro.

Todo lo relacionado con el regreso me resulta desagradable. El viaje es largo y pesado. Aterrizamos en Barcelona y esperamos unas horas hasta tomar un AVE a Zaragoza. Llegamos muy tarde, más de doce horas después de haber salido del hotel en Berlín. A través de la ventanilla del taxi, la ciudad me parece tan asfixiante y plana como de costumbre. Está llena de esquinas puntiagudas y de esquirlas. Hay minas que voy a pisar. Hay polvo en el aire y todo parece pesar muchísimo. Los días no pasarán ligeros aquí. Las nubes, llenas de un agua que no quieren descargar, se quedarán quietas en un cielo chato que se derrumba sobre la planicie. No hay putas dibujadas por Moebius ni hombres llorando en la calle. A través de la ventanilla del taxi, con unos ojos devastados por las lentillas y el sueño, sólo veo recuerdos. Sólo veo una ciudad cargada y aplastada contra el suelo, incapaz de elevarse. Parece que la gravedad es más fuerte aquí. Hace tiempo leí un cuento de Francesc Serés sobre una región rusa donde la fuerza de la gravedad es superior a la del resto de la Tierra y sus habitantes se achican y tienen la voz cambiada. Yo me siento más pesado en Zaragoza. No me atrevo a hablar, por si me ha cambiado la voz, y procuro caminar muy erguido cuando salgo del taxi, para comprobar que la gravedad no tira de mí hacia abajo con más vehemencia de la acostumbrada. Me cuesta mucho vencer la gravedad y no arrastrarme por el suelo, completamente desparramado, como la ciudad misma se desparrama sobre la llanura reseca.

La llegada a casa es menos dolorosa de lo que temíamos. Beso el retrato de Pablo que hay en la entrada y me quito la ropa arrugada del viaje y apestada por la vecina guarra del avión. Todo va bien, camino con la cabeza alta, la fuerza de la gravedad no me afecta aquí. No me siento ingrávido, como en Berlín, pero ya no tengo ganas de reptar. Entro en el cuarto de Pablo, donde todavía quedan algunas cajas que no se han llevado, y me alegro de haber indultado los objetos que no he querido empaquetar. Beso a Pocoyó, beso al Señor Conejo, beso a Perrito y beso al Vaquero Gay. El Vaquero Gay es un héroe voluntarioso y firme que ha aguantado al lado de Pablo en los momentos más ásperos sin derrotar nunca la sonrisa. El Vaquero Gay es mi ídolo, es el dios de este lar de peluches y muñecos. Yo le puse ese nombre, por su aspecto afeminado, y me inventé su vida, la de un pobre cowboy que era muy desdichado en Arizona, pero que encontró la felicidad en un viaje al barrio de Chueca, donde ahora triunfa con un espectáculo en el que canta una tonadilla que también me inventé: «Vaquero Gay, siempre de marcha. / Vaquero Gay, nunca se cansa». La canto bajito, sin reparar en lo ridículo de la estrofa, y le doy otro beso.

Camino solo por una casa sola y busco como un perro la compañía de mis libros. Palabras gastadas que leí hace mucho tiempo, que a veces me sé de memoria. Páginas arrugadas con esquinas dobladas, verdades que un día creí luminosas y hoy apenas rozan mis ojos, incapaces por siempre de deslumbrarse. Paso mucho tiempo solo, ahora que Cris ha vuelto a trabajar, y una de mis primeras tardes de soledad me atreví a reabrir un libro al que no quisiera acercarme. Lo esquivé durante mucho tiempo. Lo saqué de la estantería cuando Pablo aún podía abrir sus páginas y lo dejé en mi escritorio. Estuvo rondando por la casa desde entonces, moviéndose como un ratón, apareciendo y desapareciendo por mesas, muebles y estantes. Hasta que supe que no podía escapar de él, que necesitaba sus letras como necesito besar los juguetes que he decidido no embalar ni perder de vista.

Hoy he terminado *Mortal y rosa* después de una lectura discontinua y sofocante. Esta noche he cerrado un libro que he llenado de subrayados y de notas y de esquinas dobladas, y me he levantado de la butaca con las manos temblando. He caminado por toda la casa, encendiendo cada una de las luces y escuchándome respirar, agradecido a los ruidos del tráfico y al zumbido del ordenador, que hacen imposible el silencio. He sentido la necesidad desesperada de hablar con alguien y a punto he estado de llamar a Cris al trabajo, aunque he resistido el impulso egoísta. No podía molestarla. Pero aún necesitaba escuchar una voz, y pese a que ya era tarde, he telefoneado a mi madre. Estaba viendo la tele en la cama y se ha sorprendido un poco de mi llamada a deshoras. Sólo quería escuchar una voz, charlar un poco, romper la quietud de la casa. Me conformaba con unas frases banales y un par de chistes, pero enseguida le he contado que acababa de leer *Mortal y rosa*. Y le he dicho que me ha traído mucho bien y que a la vez me ha desgarrado algo que está en la nuca, justo debajo del cerebro, en el punto donde algún filósofo antiguo ubicó el alma. Y le he dicho que de todo lo que he leído sobre niños muertos, sobre padres huérfanos y sobre enfermedad y ruina, *Mortal y rosa* es, con mucho, el libro más bello, hondo y suicida que he sufrido. Y le he dicho que en estos meses he leído mucho sobre niños muertos, sobre padres huérfanos y sobre enfermedad y ruina, y que nadie, absolutamente nadie, ha compuesto algo tan verdadero como lo que escribió Francisco Umbral durante la agonía y muerte de su hijo. Y luego le he leído un párrafo del final. Un párrafo en el que Umbral dialoga con su hijo muerto. Y no he podido terminar de leerlo. Y he llorado como hacía días que no lloraba. Y mi madre ha llorado. Y me he sentido culpable por hacer llorar a mi madre. Y nos hemos despedido. Y he colgado. Y me he quedado de pie, solo, bajo el fluorescente de la cocina, mirando la sonrisa perenne de Pablo enmarcada en madera blanca.

Leí *Mortal y rosa* cuando tenía dieciocho años. Es una de mis lecturas iniciáticas y Umbral es uno de los escritores seminales de mi vocación literaria. Creí entenderlo entonces y hoy sé que no entendí nada. Es ahora cuando comprendo cada letra y cada blanco y cada pronombre y cada adverbio. Pero a mis dieciocho años sólo sospeché un dolor abstracto y una pena inasible. Intuí la belleza que emana de la desesperación, y me propuse perseguir esa belleza. Quise escribir como Umbral, lo devoré, lo convertí en uno de mis modelos. Lo hice con más fuerza sabiendo que para la mayoría de la gente no era más que un payaso, un personajillo grotesco que montaba escándalos ridículos en televisión, carne de imitadores y de cómicos. Pero yo sabía que Umbral era un escritor *comme il faut*: desarbolado, desnudo, víctima de su propia audacia, desesperadamente lírico y dueño de un habla ancestral pulida por el viento de la meseta. Un moderno rabioso con palabras de castellano viejo.

Yo quería ser un escritor como Umbral. Quería mancharme y herirme de muerte en la literatura, sin importar si la máscara pública tenía un correlato con los libros. Quería alcanzar ese éxtasis verbal que temblaba en sus frases y decir las cosas más atroces sin decirlas en realidad. La prosa de Umbral influyó mucho en mis pinitos literarios, y todavía hoy me descubro algún vicio suyo en mis textos. Vicios muy marginales y sutiles. Especialmente, en las reiteraciones y en la forma de construir algunas imágenes. Pero si a mis veinte años me emocionaba imitar al maestro, hoy borro esas trazas con vergüenza en cuanto las encuentro, porque reconozco en ellas a alguien que dejé de ser hace mucho y no le consiento emerger de nuevo.

Nunca imaginé que fuera a entender tan intensamente *Mortal y rosa* sin recurrir a la literatura, ni que algún día lo usaría como un espejo demasiado claro y profundo para mirarlo mucho rato sin sentir las retinas inflamadas. Me he pasado años intentando borrar la influencia de Umbral en mí —al menos, la influencia idiomática; sí que me gustaría poseer su intensidad, pero no su prosa—, y ahora tengo que volver a sumergirme en él porque estoy trabajando con los mismos sentimientos que le mataron. El veneno que disolvió sus tripas corroe ahora las mías, y uso sus palabras para entender las mías propias.

Mortal y rosa empezó siendo un libro sobre la paternidad, un diario íntimo con la presencia del hijo como eje y leitmotiv. Pero, mientras Umbral lo escribía, el mundo se rompió, y lo que aspiraba a ser una alegre vindicación de la madurez acabó en elegía. Se cree que los primeros textos de lo que luego sería *Mortal y rosa* se escribieron en torno a 1971, y cuando la obra empezaba a avanzar, Pincho, el hijo de Francisco Umbral y de María España, sufrió una leucemia, de la que murió en 1975. El diario de un padre y escritor que llamaba a las puertas de la madurez se convirtió en el llanto de un hombre que velaba el lecho de su niño de cabellos dorados. La escritura es paralela a la enfermedad y la muerte, y de hecho, la primera edición apareció pocos meses después de la muerte de Pincho. Umbral quiso dejarlo así, sin demasiados retoques ni reescrituras, respetando las emociones vividas y narradas en caliente. Y eso se nota en la lectura y lo convierte en un libro difícil de resumir o de diseccionar, porque es un dolor puro que avanza in crescendo hacia un clímax imposible. La primera escritura siempre es la más rica. Si reescribimos y retocamos después, es con el intento vano de hacernos entender mejor. Pero en el empeño sacrificamos algo más que la gramática o el estilo. Hay que ser muy valiente para enseñar la escritura primigenia, tan llena de impurezas, tan saturada de nuestras escamas y de nuestro olor, tan fragantemente verdadera.

Al principio, *Mortal y rosa* divaga. Las piezas que lo componen se alargan y se curvan como meandros, dan rodeos, se pierden por recovecos en sombra. Umbral saca músculo literario y vuelve a sus tópicos, a sus años heroicos en Madrid, a su épica de hombre hecho a sí mismo, al sexo triste de sobremesa con mujeres silenciosas. El niño va apareciendo a retazos y lo hace así, sin nombre, siendo sólo el niño. Será *el niño* todo el libro, pero hacia el final dejará de serlo y se convertirá simplemente en *hijo*, mutando en sustancia sagrada. La enfermedad asoma poco a poco hasta llenarlo todo. Conforme la muerte se aproxima, la prosa se concentra y se adensa, se llena de neologismos de inspiración castellana, huele a infancia, a la de su hijo y a la del escritor. Parece que Umbral quiere agarrarse a las raíces para no ser arrastrado por la muerte de Pincho. Y llega un momento en *Mortal y rosa* en el que todo es el hijo. Ya no hay más evocaciones, ni digresiones literarias, ni especulaciones filosóficas, ni aires ensayísticos, ni sexo, ni mujeres con culos redondos que pasean por la calle. Sólo el hijo. Y el punto de no retorno es la manifestación de la agonía de Pincho. Creo haber encontrado la bisagra en este párrafo:

> La fiebre del hijo, el fuego en que me arde, la hoguera inexistente en que se quema, el abismo rojo donde le pierdo. La fiebre y el horror. Cómo se puede vivir en el horror. Se puede. La muerte en torno, la fiebre ondeando sus fatigadas banderas, el miedo. Pero se puede vivir —y esto es lo atroz— en la entraña misma del horror. También el horror puede llegar a ser de alguna manera confortable.

Hasta ese momento, Umbral no ha sido consciente de que ha asumido la muerte de su hijo y de que esa muerte es también la suya. Siente confortable el horror porque no concibe lo que hay tras él. En el horror conserva a Pincho. Sufriente, «con sus manos de enfermo», como dice en otro pasaje, pero presente y carnal. Mortal y rosa. La muerte lo cambia todo, y desde ese párrafo ya sólo hay muerte. Desde ese momento, cada palabra es agonía pura. No del hijo: agonía del padre.

No hay clímax en la muerte, no hay apenas subrayados. Como muchas otras cosas del libro, las causas del llanto se expresan tan sutilmente que parecen elipsis. Pero no lo son. Los hechos están ahí, entre las palabras, para quien quiera verlos. Son hechos despojados de todos los elementos narrativos que los convertirían en hechos identificables. Sin tiempo, espacio, nombres o fechas. Pero se ven, tan claros como la luz que despiden los cabellos rubios de los seis frágiles años de Pincho.

El tramo final de *Mortal y rosa* juega peligrosamente con el delirio. Umbral, desfigurado de dolor, asume la muerte de su hijo como la suya propia, y vaga por la casa y por la ciudad dialogando con su niño muerto. Como él mismo escribe, se pasa el día «diciéndole»:

185

Hijo, un día vi un pato en el agua. Quería habértelo contado. Hacía sol, estábamos en el campo, y el pato estaba allí, al sol, en el agua. Era blanco y no muy grande, ¿sabes? Nada más eso, hijo. Sé que es importante para ti. Para mí también. Te escribo, hijo, desde otra muerte que no es la tuya. Desde mi muerte. Porque lo más desolador es que ni en la muerte nos encontraremos. Cada cual se queda en su muerte, para siempre.

Es el párrafo que he intentado leerle a mi madre por teléfono y no he podido. Y apenas puedo transcribirlo ahora en esta noche tan silenciosa en que martilleo furiosamente sobre el teclado. No puedo porque la última vez que paseé con Pablo vimos unos patos, y yo le señalé lo bellos que eran los patitos, y él me miró muy serio y levantó el pie derecho, mostrándomelo y corrigiéndome. Él creía que le estaba hablando de los petetes y que lo pronunciaba mal. Nos reímos, nos besamos y volvimos a casa. Y Pablo ya no volvió a salir de ella nunca más. Por eso, cada vez que veo un pato, yo también le cuento que lo he visto, y cómo era el pato y si iba solo o en grupo. Y él siempre levanta el pie y me corrige. Son petetes, papá, no patitos.

Yo, como Umbral, deliro y hablo con mi hijo por los rincones de mi casa y por las calles de mi ciudad. Yo, más que nadie en este mundo, sé de lo que habla *Mortal y rosa*. Y sus imitadores y quienes —con su anuencia o con su indiferencia— convirtieron al escritor en un fantoche gritón no saben lo que es pasar los días dialogando con un niño muerto.

En julio de 2008, el doctor Jeremiah Goldstein, un pediatra de Filadelfia, publicó una extraña pieza en el *Pediatric Journal of Hematology and Oncology*, una prestigiosa revista médica destinada a la divulgación de los últimos avances científicos en el ámbito de la hematología y la oncología pediátricas. El texto que entregó, sin embargo, no era un artículo académico, y ni siquiera estaba escrito por él. El médico de Filadelfia se limitaba a ejercer de compilador. Se trataba del diario que su madre, Sonja Goldstein, escribió durante la enfermedad y muerte de su hijo David, que falleció a los dos años de un tumor de Wilms. Fue en 1955, y si Jeremiah —que nació después de la muerte de su hermano, cuya historia era un misterio cercano al tabú familiar— convenció a su madre para que hiciera públicos esos papeles fue porque consideraba que tenían relevancia médica, en el sentido de que su lectura podía ayudar a los especialistas que atienden a los niños con cáncer a comprender a sus familias y mejorar así su trabajo y su relación con ellas. Pero no era sólo la utilidad profesional lo que impulsaba al doctor Goldstein a divulgar la historia de su hermano fallecido. Su descubrimiento —pues su madre sólo le dio a leer aquel diario cuando habían pasado más de cincuenta años de los hechos— tuvo para él un impacto demoledor. Sospecho que reinterpretó buena parte de su propia vida a partir de esas líneas. Quizá descubrió las razones primeras que le llevaron a convertirse en pediatra. Yo he conocido a varios adolescentes que han superado un cáncer y que están decididos, con tozudez vocacional, a matricularse en la facultad de Medicina. Es algo bastante común.

El diario de Sonja Goldstein sobre la enfermedad y muerte de su hijo David está lleno de detalles y de descripciones emocionales. Alterna magistralmente el relato de los hechos con la expresión concreta del dolor, las contradicciones, la impotencia y la desorientación constante de una madre. Nada tiene que ver un cáncer infantil en 1955 con otro de 2010. En 1955, la quimioterapia ni siquiera se conocía, sólo empezaba a plantearse como posibilidad teórica. No había unidades de oncología pediátrica, ni tan siquiera puede decirse que hubiera oncólogos propiamente dichos. La especialidad estaba dominada por cirujanos aficionados a seccionar y mutilar todo lo que tuviera aspecto cancerígeno, sin alcanzar a comprender por qué los tumores se reproducían después de sajarlos (a decir verdad, la ciencia actual tampoco puede responder con un mínimo de rigor a esa pregunta; el día que sepa contestarla sabrá curar todos los cánceres). En 1955, un diagnóstico oncológico infantil era una condena a muerte sin posibilidad de indulto. Los hospitales se contentaban con ofrecer la versión menos horrible de todas las muertes posibles, si estaba en sus manos, que no siempre era así. A los médicos que planteaban tratamientos se les ignoraba o se les acusaba de ensañarse terapéuticamente con unos niños moribundos a los que sólo cabía arropar y preparar un vaso de leche caliente. Los chavales no iban a la clínica a curarse, sino a morir. Nada, absolutamente nada tiene que ver con la situación que vivimos a comienzos del siglo XXI. Pero, al leer ese diario, me he sentido en la piel de Sonja Goldstein. Y creo que, si Sonja Goldstein leyera estas páginas, se sentiría dentro de mi piel enferma de psoriasis. Porque ella, como yo, se planteó en un primer momento la razón de su escritura. Y, como yo, no encontró un motivo. Escribe Goldstein en el prefacio a sus notas (la traducción del inglés es mía. El texto original se encuentra en el volumen 30, número 7, de julio de 2008, del *Pediatric Journal of Hematology and Oncology*, página 482): «En el pasado, con frecuencia me han maravillado la franqueza y el detallismo minucioso con que algunos escritores describen sus tragedias personales. Me parecía una violación de la intimidad difícil de justificar. Pero, a lo largo del año pasado, creo que comencé a comprender qué motivaba esa escritura. Conforme nuestra tragedia personal intensificaba su crudeza, sentía una creciente necesidad de reflejar en un papel lo que nos estaba pasando. Podría pensarse que, al reducir estas experiencias al lápiz y al papel, lograría limpiarme el alma o purgar mis sentimientos. La escritura de esta historia no aboga por la esperanza ni por la desesperación. Más bien, es el relato de un hecho inexorable».

Sonja Goldstein es una mujer culta y sensible, casada con un reputado jurista y crecida en un ambiente de intelectuales judíos de la Costa Este de Estados Unidos. Y quizá por eso su testimonio es mucho más valioso, porque supo dar con las palabras y el tono que otros padres no encontrarían ni en un millón de vidas. Ella usó el verbo para invocar la corporeidad de su hijo. Que se las guardara para sí o que decidiera publicarlas tantos años después no afecta al valor de sus palabras, pues son universales y nombran un dolor que atraviesa países y generaciones.

No hay letra de su diario que yo no pueda suscribir como propia. Escribe: «Una de las tareas más duras que jamás he emprendido —y creo que hablo por Joe [mi marido] también— es volver a la vida normal. En el hospital, vivíamos en un mundo privado. Existíamos en una especie de imagen congelada en la que sólo importaba la evolución diaria de David».

Volver a la vida normal es algo que todavía no he aprendido a hacer y a lo que creo que me estoy resistiendo. Puedo construir una ficción que engañe a los espectadores despistados, pero en realidad vivo atrapado en la hora violeta. Desde antes de que muriera Pablo, desde que nos dijeron que se moría y que sólo nos quedaba acompañarlo hasta el final. Yo aún no he salido de esa espera. Me he quedado suspendido en ella.

En el poema de Eliot, la hora violeta es esa zona de la tarde en que los oficinistas están a punto de abandonar corriendo sus escritorios rumbo a la promesa de un beso, de un baile, de una cena, de una noche en que sus deseos se frustrarán de nuevo. Es ese temblor previo a la estampida, el instante en que nos quitamos la máscara con que nos presentamos ante el orden burgués y asumimos la máscara de carnaval, la que mejor nos sienta, la que merece la pena. La hora violeta es un taxi que espera en marcha en la parada, con el motor encendido. La hora violeta, en realidad, no existe más que como lugar de paso, como transición molesta y necesaria. Nadie vive en la hora violeta: la gente huye de ella hacia la vida real, hacia la vida normal. Yo tengo que aprender a escapar, pero no he encontrado la manera.

A decir verdad, tampoco me he esforzado demasiado.

Distinguido señor Del Molino:

Hemos recibido su documento de inscripción al REDMO y agradecemos sinceramente su generosa disposición. Sin embargo, nos vemos obligados a descartar su solicitud, ya que, de acuerdo con la legislación vigente, los criterios de exclusión para donantes de médula ósea incluyen a todas aquellas personas que padecen una enfermedad crónica (psoriasis), requiriendo tratamiento.

Lamentamos esta circunstancia, agradecemos una vez más su interés y quedamos a su entera disposición.

Muy atentamente,

Cristina Bueno
Departamento de Donantes, REDMO
(Registro de Donantes de Médula Ósca)

La carta viene en un sobre con membrete de la Fundación Josep Carreras. La abro mientras subo por la escalera con la compra, convencido de que no es más que una circular o uno de esos documentos anodinos que las fundaciones envían regularmente a sus socios. El anuncio de un acto benéfico, la desgravación fiscal del año en curso o un recordatorio de lo buenos y solidarios que somos y de que sin nosotros nada sería posible y todas esas palabras que hacen sentirse mejores personas a quienes no han visto nunca una sala de juegos llena de niños calvos conectados a goteros de quimio. Pero en lugar de eso me encuentro con que mi médula no les sirve, que no pueden contar conmigo, que soy un inútil. Entro en casa casi llorando, y al cruzar la puerta dejo de frenar las lágrimas y no atiendo a los consuelos de Cris (no puedes hacer nada, no es culpa tuya, ya estoy yo inscrita por los dos, apenas hay posibilidades de que te llamen). Necesito estar un rato a solas. Yo, que casi nunca necesito eso. No pude hacer nada por mi hijo y ahora me dicen que tampoco podré ayudar a otro niño. Y todo por esa puta enfermedad que no me había molestado en todo el día y que me empieza a picar rabiosamente. Lloro y me rasco, me rasco y lloro, y maldigo la legislación y los criterios de selección para donantes de médula. Pablo me mira sonriente desde su limbo enmarcado, y yo aparto la vista porque siento que le he fallado de nuevo. Su padre ha vuelto a demostrar una inutilidad de la que en ocasiones se envanece. Hijo, tu padre sólo sabe escribir, y ni siquiera está convencido de hacer eso bien. No pude salvarte, no puedo salvar a otros. Qué voy a hacer yo, que soy incapaz de pasar un día entero sin rascarme. Primate apestoso, gordo de mierda, orangután sarnoso.

CON DNI
Cristina Delgado

El día de Pablo

HOY Pablo habría cumplido dos años. Habíamos planeado llenar la casa de globos y de regalos y comprar una tarta enorme para que soplara sus dos velitas. Hoy tendría que haber sido un gran día, uno de esos que quedan congelados en fotografías y que se recuerdan con una sonrisa décadas después.

Pero no va ser así. Hoy no hay velas ni tarta ni alegría, porque Pablo no está. Nos dejó este verano tras luchar con todas sus fuerzas contra una leucemia feroz que resultó ser invencible. Nada pudo con ella, a pesar del trabajo duro de todo el equipo de Oncopediatría del Hospital Miguel Servet de Zaragoza.

Así que este miércoles es un día triste, muy triste, y hoy la ausencia se siente como una losa inmensa que se clava en el pecho y apenas deja respirar.

Es difícil asumir la muerte de un hijo. Su marcha se lleva para siempre una parte de ti y nada ni nadie llena nunca ese vacío. Cambias, te conviertes en otra persona y tienes que aprender a vivir de nuevo con las heridas marcadas a fuego en tu alma. Porque no es verdad que se supere una pérdida así. Si tienes suerte y te esfuerzas mucho, encuentras herramientas para no hundirte en la tristeza y logras seguir adelante, pero ya nunca será igual.

Y aun así, a pesar de todo, nos sentimos afortunados. Porque le tuvimos con nosotros. Porque le quisimos y nos quiso. Y porque ahora sabemos que no hay logro en la vida más importante que el de ser buenos padres.

Por eso escribo hoy esta columna, porque no puedo celebrar el cumpleaños de mi hijo, pero quiero gritarle al mundo lo orgullosa que estoy de él.

Pablo trajo la luz y la alegría. Nos enseñó que se puede sonreír siempre, aunque las cosas estén muy feas, y que a veces un abrazo es más poderoso que el más fuerte de los calmantes. Ahora sé que hay que luchar todas las batallas, porque si pierdes la guerra –y todas las guerras pueden perderse–, hay que caer derrotado sabiendo que has hecho lo que estaba en tu mano por ganar.

Y, sobre todo, ahora sé que el amor siempre vence a la muerte, porque ella me ha quitado a Pablo, pero jamás logrará que yo deje de querer a mi hijo.

Lo peor no es esta pena. Ni siquiera la convicción de que me acompañará toda la vida, sin rebajarse como se rebaja el bourbon que me gusta beber con dos cubitos de hielo. Lo peor es que no quiero que deje de dolerme nunca. Cultivaré esta pena, la cuidaré y la alimentaré como hice con mi hijo. Porque esta pena es él. Cuando empecé a escribir esta especie de dietario que más parece un historial médico de mis propios trastornos, el calor no me dejaba dormir. Era verano y en nuestra cama aún se apreciaba la silueta del cuerpo de Pablo. Todavía llevaba su cadáver pegado a la cara interna de mis párpados. Ahora, tantas páginas después, puedo cerrar los ojos sin miedo. He conseguido rescatar su sonrisa, sus rugidos y sus imitaciones de los osos, los peces y los caballos. He domesticado la pena, pero su intensidad es idéntica a la del día de su muerte. Simplemente, me he acostumbrado a ella. La pena y yo hemos firmado un acuerdo de convivencia. No la anularé con trucos de psicología barata y ella me dejará vivir. Aunque sea en una hora violeta eterna. Aunque a veces camine por la ciudad hablando con mi hijo muerto y contándole todas las historias que creo que le gustaría saber.

Hemos arreglado casi todas las cosas que se habían roto durante la enfermedad. La nevera y el lavavajillas son nuevos, hay nuevas bombillas y hasta un nuevo sillón. Seguimos sin arreglar la persiana. Creo que nos gusta más como está. Esta casa, que tanto se quejó con ruido mecánico al morir Pablo, que a veces parecía que iba a morirse con él, se ha renovado y aguanta, conteniendo orgullosa todos sus recuerdos. El Vaquero Gay vigila la habitación, como tantas otras noches veló a su amigo calvo en la agonía química de la citarabina. Quiero creer que mi Cuque genial, mi Cuque cojonudo, sigue reinando en su casa. Pero no te encuentro, hijo. Hemos curado la casa, pero no pudimos arreglarte a ti. Te nos rompiste, mi amor, y no sé cómo decirte lo siento.

Y ahora ni siquiera te voy a encontrar aquí, en la punta de mis dedos, mientras tecleo este libro que no quiero dejar de escribir, pero al que tengo que poner punto final. No sé qué haré sin estas páginas. Tras esta hora violeta no me espera ningún baile. No quiero ir a ningún lugar en el que no estés tú. Mi pena hace las veces de tu cuerpo. Mi pena te invoca y te reconoce.

Yo soy mi pena y mi pena eres tú.

Epílogo
Masoquismo, obscenidad y amor

Habían pasado cuatro meses desde que murió Pablo y estábamos en Londres. Viajábamos mucho aquel año. Sin sentido y casi sin rumbo. Unos actos reflejos nos sacaban de casa y de nuestra ciudad y nos llevaban lejos. En parte, supongo que era una reacción al encierro de los hospitales, una necesidad elemental de aire libre y distancia, pero también de fuga. Queríamos pasear por calles limpias de recuerdos, esquinas donde Pablo no hubiera jugado nunca y parques donde jamás se hubiese columpiado. Necesitábamos barrios donde fuéramos extraños, donde nadie nos mirase con lástima, donde ningún amigo, conocido ni saludado nos diera ánimos y murmurase después a su acompañante, creyendo que no le escuchábamos: «Son los padres del niño del que te hablé». Si los extraños que nos cruzábamos ni siquiera hablaban español, mejor. Fundirse en la banalidad de un paisaje turístico era un alivio existencial, un borrado de nosotros mismos.

Estábamos, pues, en Londres. Quién sabe por qué. Era un Londres navideño y helado, ensimismado en sus luces y adornos, indiferente del todo a nuestra pena. Una tarde compré unos cuantos libros en una librería grande de Bloomsbury, entre ellos, una edición muy bonita de *La tierra baldía*, en papel grueso, casi cartón, con una tipografía elegante y anticuada, como de entreguerras, aunque era un libro nuevo. La compré por su belleza, no para leerla, pero al salir de la librería entré a calentarme en un pub y me puse a hojearla. Caí en una estrofa que hablaba de un taxi en marcha, de la hora del crepúsculo, de la quietud entre las prisas ajenas. Eran unos versos que hablaban de la vida detenida, de una vida que renunciaba a serlo, que se volvía invisible y congelada mientras el mundo seguía girando. *En la hora violeta*, empezaba la estrofa. La leí un montón de veces, hasta memorizarla, y sentí que el tiempo también se detenía en el pub. Afuera concluía la hora violeta, la brevísima hora violeta de diciembre. Ya casi era de noche y la ciudad hervía en ajetreos y promesas de tarde de compras y cervezas. Para muchos empezaba la vida de verdad, recién quitada la máscara de la jornada de trabajo, y yo los observaba desde fuera, desde un afuera metafísico y físico a la vez.

Supe entonces que los papeles que andaba escribiendo debían titularse *La hora violeta*. Sabía que Montserrat Roig ya escribió un libro con ese título en 1980, inspirándose en la misma estrofa de Eliot, pero eso no me quitó la idea de la cabeza. El libro de Pablo, que hasta entonces se titulaba *La noche de Saskatoon*, sólo podía titularse *La hora violeta*. Ninguna otra imagen expresaba mejor el limbo en el que se había convertido la vida después de Pablo, y ninguna otra idea resumía mejor mis intenciones como escritor: preservar ese afuera hecho de adentros, congelar para siempre esa pena que tantos auguraban fugaz, mediante variaciones del tropo «el tiempo todo lo cura». Yo no quería curarme. Yo no quería salir de esa hora violeta.

No se me escapaba que aquella escritura era una forma de masoquismo. Rechazaba tajante cualquier enfoque terapéutico: no escribía para ayudarme a superar nada ni para enseñar a otros a salir del pozo. El psicoanálisis ha consagrado la creencia de que los relatos de los traumas son sanadores, lo cual atenta contra el sentido común. Quien quiera olvidar un trauma, lo último que debe hacer es recrearse en sus detalles y reconstruir su historia. Ensimismarse, analizarse y trabajar el recuerdo con los recursos del arte narrativo es el camino adecuado para quien busca el martirio y el dolor. No quería engañarme ni engañar a otros: aquella especie de diario escrito a posteriori, pero aún en carne viva, esas memorias de padre sin hijo, esa carta de amor a un niño muerto, era un ejercicio inútil, radicalmente literario, sin más propósito que existir.

No soy Eliot, lo cual es evidente, pero no me refiero a la distancia artística que me separa del poeta, sino a su confianza. Yo no sé vivir a fondo en la hora violeta, aislado y abismado en mi propio pecho. Soy mundano y permeable a las críticas y a las miradas extrañas. Hoy soy un escritor un poco más fuerte, que ha aprendido por las malas y despacio a dar la espalda al qué dirán, pero entonces era un padre joven y tembloroso que sufría por el efecto de sus palabras. Cuando me preguntan si me sigo identificando en las páginas de *La hora violeta* respondo que sí, salvo en unos pocos párrafos donde balbuceo una justificación. Hay algún momento en el libro donde casi pido perdón por la impudicia, porque entonces creía que no estaba bien exponer el dolor de una forma tan seca y afilada. Después de todo, vivía en una sociedad que negaba la enfermedad y la muerte. Mi libro era una carta náutica de regiones que no existían para casi nadie: pasillos de hospital con rótulos ambiguos y tanatorios en las afueras. Era un mundo recubierto de eufemismos (se ha ido, no está con nosotros) donde escribir a la llana (murió, murió, murió, sin verbos sinónimos) se consideraba de mal gusto. Lo era incluso para algunos de los que lo habitaban y jugaban con los niños calvos. Narrar los días de ese reino de la enfermedad y de la muerte es una obscenidad imperdonable, según los criterios morales dominantes. Por eso intenté defenderme, una debilidad que no he vuelto a cometer. Hoy sé que no hay nada indecente ni criminal en ese libro. Entonces no estaba tan convencido. La escritura vacilaba entre la seguridad del narrador que levanta un relato ineludible y la duda del padre que no sabe si honra o traiciona a su hijo.

Para no perder pie, me apoyé en la tradición literaria. Soy lo contrario a un adanista, creo que la originalidad es imposible. Caminamos sobre muertos que ya contaron lo que nosotros contamos porque vivieron lo que nosotros vivimos. Son tantos los niños que han muerto en brazos de sus padres que los gritos de todos se confunden en un grito común y armónico. No puedo gritar a solas ni pretender que mi grito es el primero. Lo contaba muy bien el crítico musical Alex Ross en un ensayo sobre la *Chacona* de Bach recogido en *Escucha esto*. La chacona es una forma musical que nació en América y llegó a Europa por España, aunque pronto se popularizó tanto en el folclore como en la música culta, contagiando algunos de sus rasgos a otras formas menos festivas. Uno de esos rasgos era un compás de cuatro notas descendentes que imitan un gemido. Ross dice que ese compás se encuentra en composiciones de toda Europa y Asia, y está asociado a temas y canciones que hablan del duelo. No siempre del duelo por una muerte, también puede ser por un amor perdido o cualquier pena honda. Tradiciones musicales lejanas y compositores que no tienen nada que ver eligen ese compás de cuatro notas para expresar un sentimiento común.

En lo que algunos críticos llaman *la literatura de duelo* sucede lo mismo. Es difícil encontrar variaciones. Los intentos académicos de hacer taxonomías suenan ridículos. Es imposible deslindar la literatura de duelo de la de enfermedad, y a poco que se indague con honradez, hay que reconocer que tales literaturas no existen, sino que forman un tema universal y constante en la historia. Como cualquier otro universal, apenas ha evolucionado desde Homero: el planto de Aquiles por la muerte de Patroclo suena tan contemporáneo como las reflexiones gélidas y serenísimas de Joan Didion. La misma hora violeta que me deslumbró en los versos de Eliot es una imagen que procede, como poco, de la tradición cultural romana, que asociaba el color del cielo de la tarde con la muerte y la pena. Y los romanos fueron geniales en muchos aspectos, pero no valoraban la originalidad: seguro que aprendieron esa imagen de una cultura más antigua.

La tradición literaria sobre la que levanté *La hora violeta* se resume en tres libros que aparecen mencionados en varios pasajes, porque un rasgo común en esta *literatura de duelo* (me rindo a la convención de género, aunque no le levanto las cursivas), su compás de cuatro notas descendentes, es que es una narrativa de ladrillo visto. Se le ven las marcas de la construcción, no se pinta la fachada con trampantojos. En el duelo, el juego de los puntos de vista y la fiabilidad de los narradores es una forma de reflexión metaliteraria que intenta aclararse a sí misma, no una estrategia para difuminar los límites de la ficción y confundir al lector. Se presenta en un envase transparente donde no caben convenciones frívolas como la intriga. Por eso se ven los libros de los que están hechos esos libros. En mi caso son *Mortal y rosa*, de Francisco Umbral; *La enfermedad y sus metáforas*, de Susan Sontag, y *La montaña mágica*, de Thomas Mann.

Mortal y rosa es aquí un libro-espejo. Me miro en la experiencia de Umbral, me identifico con su dolor y me separo de su expresión. *La hora violeta* empieza con un mandamiento rotundo del que no me desdigo nunca: «No llamar niño al niño». Es decir, no hacer como Umbral, no negar el nombre del hijo para sublimarlo en un genérico e incorpóreo *niño*, oculto a la vista del lector por una capa espesa de metáforas. La decisión de Umbral inspira la mía de llamar siempre Pablo a Pablo, de afianzarme en su nombre y en su cuerpo, negando su espíritu. El idealismo a veces casi místico de Umbral me llevó a una corporeidad radical, a la identificación inequívoca de mi hijo con su cuerpo.

El ensayo-panfleto de Sontag aporta ideología al libro. *La hora violeta* es, sobre todo, un ejercicio de contención estilística y de contenido. La escribí en un estado de rencor y odio intenso, pero no en el sentido tópico de quien reclama clemencia a un demiurgo cruel que mata niños, sino de una forma muy concreta. Odiaba a los que venían a consolarme, odiaba a los amigos que demostraron no serlo, odiaba la retórica gazmoña del pésame. Tenía impulsos homicidas hacia los cristianos que me decían que Pablo era ya un angelito. Detestaba tanto la reacción de la civilización ante mi dolor que me propuse no expresarla en el libro. La reprimí con toda mi fuerza y me concentré en escribir una carta de amor. Tan sólo me traicioné en la glosa a las ideas de Sontag sobre el tabú de la enfermedad. De su mano, liberé un poco de presión antisocial y le di al libro un sesgo más ideológico.

La montaña mágica era, como Mortal y rosa, una lectura juvenil. Leí ambos libros antes de cumplir los veinte, cuando la enfermedad y la muerte sólo eran contorsiones poéticas para mí. No volví a leer la novela de Mann cuando escribía mi libro —como sí hice con la de Umbral—, pero tenía muy presente varios aspectos. Aunque se dice que es una novela filosófica, casi un diálogo platónico donde la trama y el escenario son meros adornos, lo que más me impresiona de Mann es la parte puramente narrativa. De los varios clímax del libro, la agonía y muerte del soldado Joachim Ziemssen es el más sublime. El narrador se recrea en el detalle morboso, no ahorra un estertor ni un gesto, y obliga al lector a asistir a un ritual intimísimo que atenta contra el estricto y marcial sentido del decoro del personaje, incapaz durante toda su vida de expresar un sentimiento ni de transgredir la etiqueta social. Su recuerdo me llevó al que considero uno de los grandes aciertos de La hora violeta: la elipsis de la muerte de Pablo. Escribí un libro sobre la muerte del hijo sin escena de la muerte. Un libro austero que honra el sentido de la sobriedad que Thomas Mann negó a su discreto y rígido personaje.

Lo demás no depende de mí. La hora violeta estaba pensado como un libro secreto, escrito contra la sensibilidad de un mundo vitalista y entregado al eufemismo. Su destino, sin embargo, fue otro, y sus lecturas lo han convertido en algo muy alejado de lo que imaginé mientras lo escribía, en un estado de conciencia tan alterado como explícito. Aunque se afirme que mi libro influyente (en un sentido que supera cualquier experiencia literaria) es *La España vacía*, el libro que de verdad ha inspirado cambios sociales importantes es *La hora violeta*. No llega a ser un consuelo, pero sí un orgullo muy íntimo e inefable. Gracias a los médicos y a algunos políticos que lo han leído, los padres de los Pablos españoles de hoy no están tan perdidos y desasistidos como lo estuvimos nosotros. Porque una de las razones que me llevaron a eludir la muerte de Pablo fue que ésta se produjo en medio de un abandono inverosímil: el sistema sanitario que nos acompañó durante la leucemia nos dejó completamente solos en la hora de la muerte. Me costó mucho entenderlo, y si de algo me enorgullezco es de que mi literatura haya cargado de fuerza y argumentos a los médicos para que la sociedad ya no se desentienda de esos niños que van a morir a su casa, en su dormitorio, rodeados de sus juguetes, en brazos de sus padres, lejos del maldito hospital. Pero ésa es otra historia, y no sé si quiero contarla aún.

Sergio del Molino
Zaragoza, mayo de 2023

Este libro está dedicado a mi hijo Daniel, con el deseo y la esperanza de que su hermano no se convierta en un fantasma ni en un cuento de terror. Ojalá toda la fuerza que a Pablo no le bastó para salvar su vida le inspire a él para vivir la suya con la felicidad, la pasión y el amor que merece.

Que el ejemplo de Pablo siempre le guíe y nunca le pierda.

Índice

Este libro se terminó
de imprimir en
Sabadell, Barcelona,
en el mes de
agosto de 2023